狼王悲歌

[加拿大]欧内斯特·汤普森·西顿◎著

夏 林 李红慧◎译

江西高校出版社

JIANGXI UNIVERSITIES AND COLLEGES PRESS

图书在版编目（CIP）数据

狼王悲歌 /（加）西顿著；夏林，李红慧译 . —南昌：江西
高校出版社，2016.3（2020.6 重印）
（国际大奖动物小说）
ISBN 978-7-5493-4147-4

Ⅰ . ①狼… Ⅱ . ①西… ②夏… ③李… Ⅲ . ①儿童文
学 - 长篇小说 - 加拿大 - 现代 Ⅳ . ① I711.84

中国版本图书馆 CIP 数据核字（2016）第 052537 号

责任编辑 敖 萌
装帧设计 罗俊南

出 版 发 行		江西高校出版社
社 址		江西省南昌市洪都北大道 96 号
编 辑 电 话		（0791）88170528
销 售 电 话		（0791）88170198
网 址		www.juacp.com
印 刷		湖南锦泰数字印刷有限公司
经 销		各地新华书店
开 本		787mm×1092mm 1/16
印 张		9.5
字 数		88 千字
版 次		2016 年 3 月第 1 版
		2020 年 6 月第 2 次印刷
书 号		ISBN 978-7-5493-4147-4
定 价		29.00 元

赣版权登字 -07-2016-106

目 录
contents

小狼铁托

狼王悲歌

一　我是王

在新墨西哥州北部有一个叫喀伦坡的平原，那里有大片大片肥美的牧草，成群结队的牛羊，起起伏伏的山峦，晶莹清澈的小河，这些小河最终都汇入喀伦坡河，平原的名字喀伦坡也是由这条河得来的。很多牧人都在这片天然的大牧场里放牧，这里还有很多农场。牧人们常常聚在一起聊天，但是他们的聊天内容通常是这样的：

"嘿，昨晚你的牛羊还好吗？"

"唉，别提了，昨晚我的羊又死了几只。这个可恶的强盗！"

"是啊。这些年，我们差不多损失了成千上万只牛羊！"

"什么时候杀死这个强盗，我就不用这么担惊受怕了。"

"说得容易，我们根本就不是它的对手啊。唉！"

他们谈论的是在这片平原上称王称霸的一只老灰狼——洛波。

这里生活着一群凶猛厉害的灰狼。带领着这个狼群的是一只足智多谋、凶残狡猾的老灰狼，它的名字叫作洛波。它的大名可是如雷贯耳，在整个喀伦坡平原，甚至整个新墨西哥州北部的牧人几乎

都知道它，大家通常称洛波为狼王。它带领的狼群多年来一直在喀伦坡平原为非作歹。很多牧人及牧场主提到它们都恨之入骨。只要有洛波和它的狼群出现的地方，牛羊就会被吓得屁滚尿流，浑身发抖。那些牛羊的主人却拿这群狼一点办法也没有，只能眼睁睁看着自己的牛羊被狼群一只只地吃掉。老洛波不仅长得高大强壮，而且

异常聪明狡诈，其他普通的灰狼都比他差得远。它的叫声也和其他狼不同，低沉而且强劲有力，牛羊听到都会吓得瑟瑟发抖。草原的牧人们一下就能分辨出洛波的声音。通常来说，一只普通的狼，即使在牧人的营地附近嚎叫大半夜，最多只能引起牧人的注意。可是，当老狼王低沉的嚎叫声从山谷里阵阵传来的时候，牧人都会提心吊胆、坐立不安，连胆子最大的人也害怕得不敢出去看一下，只能等到天亮再去牲口圈，看看牛羊又损失了多少。

二　纵横草原

奇怪的是，聪明厉害的老洛波手下只有几只狼随从。这一点我们也弄不明白，一般来讲，一只像老洛波这么聪明凶猛的大灰狼，当上了狼王之后，总会引来一大群随从。或许是因为老洛波嫌麻烦，不想要那么多的随从；也可能是因为它的脾气太坏，有些灰狼不愿意当它的手下。确切地说，到了后期，狼王洛波的身边只有五个追

随者。不过，这五个随从都大名鼎鼎，它们要比普通的灰狼大一些。特别是狼群的副指挥，那可真是个大家伙。但是，即使是副指挥这么强大的灰狼，都远远比不上狼王的强壮和勇猛。这个狼群里除了老洛波和副指挥以外，另外几只狼也很有名。狼群里有一只浑身像雪一样洁白，身上没有一丝杂毛的美丽的白狼，新墨西哥人叫它布兰卡。人们都猜它是一只母狼，很可能是老洛波美丽的王后。另外还有一只金光闪闪的黄狼，它的动作像豹子一样敏捷。这只迅猛的黄狼多次捕捉到羚羊。众所周知，羚羊可是快如闪电、行动异常敏捷的动物。

在这个大平原上，老洛波和它的狼群的名声可谓家喻户晓。狼

群和牧人们共同生活在喀伦坡这片肥沃的平原上，人们常常看见它们的身影，也常常听到它们的嚎叫声。狼群的生活跟牧人们的生活密切地联系在一起，但是，牧人们却巴不得宰了它们才痛快。在喀伦坡，每一个牧人都愿意拿出好多头牛来换取洛波狼群里任何一只狼的脑袋。猎人们用尽各种办法试图捕杀这些凶猛、狡猾的狼，可是它们好像都有刀枪不入的本领，根本不把这里的人放在眼里。猎人放置各种毒药，试图毒死它们，但是它们从来就没有中过猎人的圈套，猎人们拿它们一点办法也没有。

在至少五年的时间里，老洛波的狼群不断地抢走小母牛，咬死了很多羊。"几乎每一天，它们都要抢走一头肥壮的小母牛，这群该死的强盗！""它们经常咬死羊后，把羊当作玩乐的对象，这群残忍的强盗。可是我们只能眼睁睁地看着，没有任何办法。"牧人们说起洛波的时候，没有一个不是恨得牙痒痒的。估算起来，这个狼群已经吃掉了两千多头最肥最嫩的小母牛，咬死了成千上万的羊。

人们印象中总认为狼经常缺少食物，饥肠辘辘，瘦得只剩皮包骨头，饥不择食。在老洛波的狼群里却是完全相反的情形。这群强盗都长得高大强壮，它们永远都是光洁亮丽，神采奕奕，对于吃的东西，它们总是挑三拣四。像那些死掉的或者有病的动物，以及腐烂了的动物尸体，它们碰都不碰一下，即使是牧人们宰杀的牛羊，它们也绝对不吃。它们的日常食物必须是它们自己捕杀的不满一周

狼王悲歌

岁的小母牛，而且一般只吃牛身上最嫩最鲜美的那部分。老公牛和老母牛的肉，它们瞧都不瞧一眼，估计是嫌肉太老不好吃。它们偶尔也会逮些小公牛或小马，那只是因为当时牛群里没有它们喜欢吃的小母牛。这群狼并不喜欢吃羊肉，但是它们喜欢咬死羊，因为它们觉得咬死羊是好玩的游戏。

在1893年11月的一个漆黑的夜里，白狼布兰卡和那只迅猛的黄狼就弄死了250只羊，但是它们一口羊肉也没吃，它们这么干就是为了好玩。

三　与人斗智

上面不过是举了几个例子而已，关于这个狼群的故事还有很多很多。它们是如此残暴，平原上到处都留下了它们肆虐的身影。为了消灭这个狼群，每年平原上的人们都会尝试各种方法，想杀死它们，但是这些办法对它们丝毫不起作用。老洛波和它的狼群还是照样优哉游哉地生活在平原上，一个一个长得膘肥体壮。牧人们合伙出了一笔很高的赏金——谁能捉住老洛波，这笔赏金就归谁。于是，为了得到那笔赏金，有些猎人苦思冥想，设计出了20种不同的放置毒药的方式，试图毒死老洛波。每一种方式都非常巧妙，可每一次

都被它发觉，它避
开了所有的毒药。
老洛波只怕一样东
西，那就是火枪。

老洛波清楚地知道，这一带的人，个个都有火枪，所以它从不攻击
人类，也从不出现在人的面前。事实上，老洛波的狼群有这样一个
固定的策略：在白天，无论何时，只要看到有人，不管距离多远，
都要拔腿就溜。除此之外，老洛波还有一个规定，它只允许狼群吃
它们自己弄死的东西。它的这个规定使得它的狼群没有被毒药毒死。
更厉害的是，老洛波的嗅觉异常敏锐，一个东西只要被人的手碰过
一下，它都能嗅得出来，更不要说毒药的气味了。老洛波的这些本
事彻底保证了狼群的安全。

　　有一次，一个牧人听见不远处传来老洛波熟悉的嚎叫声。这是一
种独特的叫声，猎人知道，一般在狼群集体作战时，老洛波才用这种
叫声给狼群鼓劲。牧人偷偷地走到叫声附近，他瞧见这群狼正在一个
小山谷中围捕一群牛。老洛波端坐在一旁的小山坡上，山谷中白狼布
兰卡和其余的狼群成员正围着那群牛转悠。牛群中有一头小母牛，显
然这头小母牛是狼群选中的美味。但是那群牛紧紧地挨在一起，围成
一个没有丝毫缝隙的保护圈。外围的牛将牛角朝外，对着狼群，狼群
几乎找不到突破口。转了两圈，还是找不到任何机会，狼群渐渐失去

狼王悲歌

了耐心。布兰卡和狼群号叫着，扑向牛群。这时有几头外围的牛被吓坏了，想退到牛群中间去，牛群的牛角阵就破开了一个口。布兰卡抓住机会进入牛群，把选中的那头小母牛咬伤了。那头小母牛并没有束手就擒，它用尽全力抵抗，牛群也再次聚拢起来对付狼群，所以狼群一直不能得手。最后，老洛波似乎对它的部下丧失了耐心，它飞快地奔下山坡，发出低沉有力的咆哮，向牛群猛扑过去。本来还紧紧聚集在一起的牛群看见它一到，顿时吓得魂飞魄散，东奔西跑。于是老洛波纵身一跃跳入牛群当中。这时，牛群炸开了锅，向四面八方逃散开来。那头小母牛也想逃跑，可是刚跑出约20米远，老洛波就一下跳到它的身上，牢牢地咬住了小母牛的脖子。老洛波用力咬住小母牛往后一甩，小母牛被重重地摔在地上，摔了个四脚朝天，头晕目眩。由于用力太大，老洛波自己也翻了个跟头，但它马上就站了起来。这时，老洛波的部下一拥而上，扑到那头被摔晕了的小母牛身上，一眨眼的工夫就把小母牛咬死了。老洛波一直站在旁边看着这一切，它好像在说："瞧，我一出马，三两下就搞定了，为啥你们做事总是这么慢慢吞吞的？"

这时，牧人骑着马，大声叫喊着冲了过去。狼群见有人来了，便像平时一样立刻跑开了。牧人身上带着一瓶毒药，他飞快地在那头刚被咬死的小母牛身上下了三处毒药，然后才走开。牧人知道这群狼还会回来吃肉，因为这是它们亲手咬死的猎物。"哼，老洛波，这次你肯定跑不掉了。"牧人心里想着。

第二天早晨，牧人急匆匆地赶到那里，准备替洛波收尸，可是连个狼影都没有。他发现这些狼虽然回来吃过牛肉，可是它们只吃了没有毒药的地方，它们把所有涂过毒药的肉都小心地撕下来，扔在了一边。

随着老洛波的名声越来越大，惧怕它的人越来越多，杀死它的赏金，也一年比一年高。最后，赏金竟然高达1000美元，这么高的价格是从来没有过的。有一天，一个名叫坦纳瑞的德克萨斯牛仔听说了这么诱人的赏金，兴冲冲地骑着马来到喀伦坡的峡谷。坦纳瑞有一套专门用来捕狼的装备，他有最好的枪、最快的马，还有一群凶猛的猎犬。他曾带着这群凶猛的猎犬在西弗吉尼亚辽阔的平原上捕杀过许多只狼。坦纳瑞自信满满地想着："嗨，不就是一只狼吗，什么狼我没见过！要不了几天，我就能割了洛波的脑袋，那一大笔赏金就归我啦，哈哈！"

这是喀伦坡平原夏天的一个早晨，天刚蒙蒙亮，坦纳瑞就骑着他最快的马，背着最好的火枪，带着那一大群凶猛的猎犬雄赳赳气昂昂地出发。刚走了没多久，那群敏捷的猎犬就欢乐而骄傲地叫起来，它们向坦纳瑞报告："瞧，我们已经发现狼群的踪迹了，这对于我们来说真是太简单了。"跟着猎犬追踪到的狼群的气味，坦纳瑞一路继续往前。走了不到1000米，他就发现了这个大名鼎鼎的喀伦坡

狼王悲歌

平原的灰狼群。于是，这场追猎行动马上开始了。

　　坦纳瑞非常兴奋，他使劲地用腿一夹马肚子，马儿飞快地跑了起来，向狼群全速冲去。在这个时候，猎犬们也飞快地奔向狼群，它们紧紧地尾随在狼群的身后。

　　猎犬的任务就是死盯住狼群，围住它们，好让坦纳瑞赶上来用枪打死它们。这种围捕狼群的方法在坦纳瑞熟悉的德克萨斯平原上几乎是百发百中的。可是在喀伦坡，这种方法显然行不通，喀伦坡的溪谷有崎岖不平的岩石，纵横交错的支流，这些支流蜿蜒曲折到四面八方。估计老洛波选择在这里生活，就是因为这里复杂的地形,它可以帮助狼群脱离猎人的追捕。就在猎人快要追上来的时候，老洛波马上向最近的那条支流跑去，飞快地渡了河。坦纳瑞的马儿不敢过去。就这样，老洛波成功地把坦纳瑞甩在了身后。在追捕的过程中，狼群也各自向四面八方分散开来，这样它们就能成功地将追捕它们的猎犬分别引向各个方向。

　　狼群引诱着猎犬跑了一段很远的路,然后再次在一个地方汇合。它们料准了那些猎犬会跟过来，并且肯定不是所有的猎犬都能追上来。果然，最后只有很少的几只猎犬追了过来。这么一来，狼群的数量远远多于猎犬。就在几只猎犬气喘吁吁地追上来时，狼群突然掉过头来，扑向后面追来的猎犬。猎犬还没有反应过来，就被咬得死的死，伤的伤，没有一只逃脱。坦纳瑞失败而归。

　　当天晚上，坦纳瑞检查他的猎犬队伍，发现只逃回来6只，当

狼王悲歌

中还有两只被咬得浑身是伤，鲜血直流。坦纳瑞气得七窍生烟，发誓一定要亲手宰了老洛波。后来，坦纳瑞又重整旗鼓，进行了两次捕狼行动，想剥了狼王洛波的皮。可是都以失败告终。最倒霉的是，在最后一次捕狼行动中，坦纳瑞的那匹跑得最快的马也摔死了。坦纳瑞又气又急，却一点办法也没有，只好气呼呼地放弃杀死狼王洛波的打算，回到老家德克萨斯去了。老洛波仍然逍遥地生活在喀伦坡平原上，而且越来越专横，越来越猖狂。

在坦纳瑞走后的第二年，又有两个猎人来到喀伦坡平原，他们一个叫乔卡龙，一个叫拉洛谢。他们下定决心要拿到这笔高额的赏金，并且都相信只有自己才能把这只鼎鼎大名的狼王消灭掉。乔卡龙用了一种新发明的毒药，放置毒药的方法和以前所有的方法都不同。拉洛谢是一个法国籍加拿大人，他认为像老洛波这么狡猾聪明的狼王，肯定不是一只简单的灰狼，它肯定是一只"狼精"，所以他不光使用了最新的毒药，而且还在毒药上画了一些符咒，在放置毒药的同时还念上一段咒语。拉洛谢认为，要对付"狼精"，光有毒药不行，还必须使用咒语来帮忙。但是，不管是配制精妙的毒药，还是画符咒、念咒语，这些对于狡猾的狼王来说全都没用。老洛波还是和以前

一样，每周都安然地在平原上绕上一圈，继续享用着它的美味。乔卡龙和拉洛谢失望透顶，只得放弃了毒死老洛波的计划，上别处打猎去了。

就在乔卡龙的计划失败的第二年，也就是1893年的春天，乔卡龙竟然再一次和老洛波不期而遇。这次的相遇似乎是老洛波在向乔卡龙挑衅，老洛波仿佛在说："来抓我啊，我就在你家旁边，凭你的三脚猫功夫，还想捉我？简直痴人说梦！"

乔卡龙有一座庄园，位于喀伦坡河的一条小支流的旁边。那儿是一个风景如画的溪谷，有着大片的绿油油的草地和五彩斑斓的花朵。春夏时节，这里是非常美丽，于是，老洛波就在这个溪谷的岩石上搭建起了它的窝，准备和自己的王后在这里度夏，生育自己的孩子。老洛波的窝离乔卡龙的庄园非常近，不到900米。这下乔卡龙家可遭了殃，洛波一家子在那儿住了整整一夏天，它们吃掉了乔卡龙的牛，咬死了他的羊和狗。乔卡龙想尽办法，放置了各种毒药，设计了很多陷阱，却连老洛波的毛都没伤到一根。老洛波和它的一家子安然地待在凹凸不平的岩壁深处，一点都没有把乔卡龙放在眼里。乔卡龙气急败坏，他跑到老洛波的窝附近点了一把火，想用浓烟把它们熏出来，但是完全没有用。他又去弄了些炸药，扔进岩壁缝里，想把它们炸死，可是，它们都毫发无损地逃开了。它们并没有因为害怕而搬走，还是和以前一样，继续待在那个窝里，继续享

狼王悲歌

用乔卡龙家的美味牛肉。

"去年整整一个夏天，它们就住在那儿，"乔卡龙指着那块岩壁，气急败坏地对我说，"我拿它一点办法也没有。在它面前，我就像个大傻瓜。"

四　高手出山

上面的这些故事都是从牧人们那里流传出来的。说实话，我一开始并不太相信，因为他们把老洛波说得太神了。我想如果不是亲眼所见，谁也不会相信的。

直到1893年秋天，我遇上狡猾的狼王洛波之后，才相信了那些传言，而且我遇到的事情比前面的故事更离奇。

若干年前，在我还很年轻的时候，我是一名猎狼人。后来我换了一种职业，是一份整天围着写字台打转的工作。我觉得这工作完全不适合我，所以想换换环境。恰好当时我的一个老朋友让我去新墨西哥州，他是喀伦坡平原上的一个牧场主。问我能否帮忙对付狼王洛波。我很兴奋，挑战一只狡猾聪明的狼王让我充满激情，于是接受了他的邀请。我急着想认识认识这位大名鼎鼎的强盗头儿，所以马不停蹄地赶到了美丽的喀伦坡大平原。来到喀伦坡平原之后，我先为猎狼计划做了些准备，让当地人给我带路，去四处了解一下平原周围的环境。一路上，我时不时地就会看到一些还粘着皮毛的牛骨头。"这是它干的。"带路的人总这样对我说。

经过几天的地形勘察，我弄明白了，在喀伦坡平原这个崎岖不平的山地里，想用狗和马来追捕老洛波是完全行不通的，只有用毒药和捕狼器才可能成功地捉住狡猾的狼王。考虑到目前我们手里还没有足够大的捕狼器械，我准备先试试毒药，看能不能捉住老洛波。

为了捉到狼王，我用了近百种方法，使用了各种毒药，而且都是剧毒，也几乎没有什么味道。通常情况下，如果对付一般的狼，随便一种就足够了。但是为了对付老洛波，我用遍了所有的毒药，凡是能用来当诱饵的肉类，我全用过，都不起作用。每当我配置了新的毒药诱饵，精心地投放在各个地方时，我都自信满满地想："这次，任凭你老洛波再狡猾，也不可能识破我精心放置的毒药。"但是当第二天早晨我骑着马去看看有几只狼上钩时，总是发现我的心血全部落空，连一只狼的影子也没有。这只老狼王真的是太狡猾了！

我给你讲一件事情吧，你就能明白老洛波是多么精明了。

就在我用尽所有方法之后，有一天，我遇到了一个老猎人，他教给我一个方法，专门用来对付狡猾的灰狼。老猎人对我说："这个方法是我总结很多年的捕狼秘诀，我以前用这个办法对付极其狡猾的狼，从没有失手过。你用这个方法，肯定也能逮住它。"于是，我

狼王悲歌

按照老猎人的指点，把一些新鲜的奶酪跟一只刚宰了的小母牛的肥腰子拌在一起，放在一个瓷锅里炖熟了。等这盘炖好的奶酪牛腰放凉了以后，我用牛骨头做的刀子将肉切开。用骨刀是为了防止肉沾上金属的气味。我把肉切成块儿，在每一块上面挖上一个小洞，塞进一大颗毒药。这些毒药被放在密封的胶囊里，绝对不会透出一丁点气味。最后，我又用奶酪块把洞封得严严实实。在做这些事情的时候，我始终戴着一副手套，而且这副手套经过特殊处理，它们在温热的血液里浸泡过，而血液来自刚刚宰杀的小母牛，这样就不会沾上一点手套的气味。在准备诱饵的过程中，我更是连气都不敢喘，生怕诱饵沾上了我的气味。然后，我把一块块的肉装在一只口袋里。这只口袋是用刚刚剥下的牛皮做的，我还在整个口袋里外都抹上了新鲜的牛血。这样做都是为了保证诱饵不沾到一点其他的气味。我在一根绳子的一头拴上牛肝和牛腰，骑着马一路拖着走。我就这样在狼群出没的地方绕了一个大约16千米的圈儿，每走大概400米，就扔下一块诱饵。每次扔的时候，我总是万分小心，绝对不让我的手碰到诱饵。

　　通常来讲，老洛波和它的狼群总在每个星期的头几天到我们这一带觅食，其余的时间都在西拉·格兰德山脚下活动。我放置诱饵的那天是星期一。就在那天晚上，我们正要睡觉的时候，听见了低沉的嚎叫声："嗷呜……嗷呜……"声音强劲而威严。我们一下就知道是狼王洛波。我的同伴说："它来啦，等着瞧吧。"

　　第二天天刚蒙蒙亮，我们就迫不及待地出发了。我急切地想知道结果，看看老洛波有没有中我的圈套。我们来到昨天投放诱饵的地方，走了一小会儿，就发现了狼群的脚印。看得出来，这些脚印是刚留下没多久的。根据脚印来看，是老洛波在前面领头。你肯定会问是怎么看出来的。其实要辨别出老洛波的脚印很容易，一般来讲，一只普通的狼，前脚通常只有11厘米长，就算大的也不过再增加不到一厘米，可是洛波的脚要大出很多，根据我们多次测量的结果，老洛波的前脚从爪尖到后跟，竟有14厘米长。后来我发现，它身体的其他部分也非常大，它接近一米高，重达86千克。虽然它的爪印有些模糊，但是并不难辨认。跟着狼群的爪印，可以很快发现它们跟随着拖牛肝和牛腰的路线，并且沿着牛肉的气味往前走。透过脚印可以看出，老洛波沿着气味追踪到我放置第一块诱饵的地方，停下来嗅了一阵子，然后咬起那块诱饵继续往前去了。

　　这时候，我已经掩饰不住我的高兴。"我到底逮到它啦，哈哈！"我激动地大喊着，"在1600米以内，我铁定能找到老洛波的尸首。"接着，我快马加鞭往前飞奔，眼睛紧盯着路上老洛波留下的又大又宽的爪印，搜索着老洛波中毒的尸体。我是那么高兴——这下可真的逮住它了，或许还能逮到几只它的同伴。但是，老洛波那宽大的爪印还是在路线上出现着，根本就没有发现任何狼的尸体。我站在

狼王悲歌

马镫上，竭力向四周望去，希望能找到一些蛛丝马迹，可是什么也没发现。我只得又跟着爪印往前走，之后又发现第三块诱饵也不见了。这让我非常纳闷，如果那些诱饵被吃掉了，狼王必死无疑，可是为什么不见它的尸体？为了弄清楚真相，我继续跟着狼王的爪印走着。走到第四块诱饵那儿的时候，才恍然大悟，原来狡猾的老洛波根本一块诱饵也没吃过，它只是把这些诱饵衔在嘴巴里，带到我放置的第四块诱饵那里，它把前三块诱饵和第四块诱饵堆在一起，还在上面尿了一泡尿，好像在嘲笑我："就这点小伎俩，跟我斗，还差得远呢！"它做完这一切以后，领着狼群，又继续干自己的坏事去了。狼群在它的保护下，安全地逃离了我的陷阱。我再一次被老洛波打败了，还被它当猴耍了一回。

上面说的只是我无数次经历中的一个例子。这些惨痛的经验告诉我，毒药对这群强盗是没有用的。尽管这样，在等待捕狼器送过来的这段时间，我还是会继续使用毒药，因为虽然毒药对这帮狡猾的强盗无效，但是对于普通的草原狼和其他一些有破坏性的动物来说，仍然是一种有效的手段。

五　绝地反击

在那次毒药计划失败之后，又发生了一件事情，这件事情更加证明了老洛波的残忍和狡猾。前面我提到过，这群狼常常骚扰并咬死羊，但它们几乎从不吃羊肉，它们常常把羊群吓得四处逃窜，随意咬死小羊，它们做这件事仅仅是因为觉得好玩。

一般来说，牧人们进草原放羊，通常一群羊有1000—3000只，由一个或多个牧人看管，羊群数量越大，看管的牧人越多。到了晚上，羊群通常就在当地休息，牧人一般会寻找一个最隐蔽的地方，让羊群躲在里面，羊群的每个方向再由一个牧人看守。羊是一种没有头脑的动物，十分笨拙，一旦有任何骚乱，它们就会被吓得四处乱跑。但是羊天生有一种本性，或者也可以说是它们最大的弱点，那就是它们会一直追随着自己心目中的领袖。牧人们非常聪明地利用了羊的这种本性，他们会在羊群中放入六只山羊。羊群会认为这些长着胡子的亲戚比它们聪明，所以在夜里发生骚乱的时候，它们就会紧紧地围在这些山羊的周围，不会乱跑。很多时候，正是由于这样，羊群才没有跑散，牧人才顺利地保护了羊群。然而，聪明狡猾的老洛波轻而易举地就识破了牧人们的办法。

在去年11月底的一个晚上，狼群的袭击惊醒了两个彼里柯的牧人，他们白天在草原上放羊，晚上就地休息，两个人一边一个守在

狼王悲歌

羊群的周围。夜里狼群突然来袭，羊群受到了惊吓，全部围在山羊的周围。这些山羊一点也不害怕，勇敢地站在羊群中面对着狼群。但是遗憾的是，这次的狼群可不是普通的狼群，是老洛波的手下！老洛波和牧人一样，非常清楚这些山羊是羊群的精神领袖，于是它以迅雷不及掩耳的速度，"呼"的一声跳上羊群的背，"嗖"的一下扑到了山羊的身上，只用了几分钟的时间，就把所有的山羊全部弄死了。这就像是擒贼先擒王。失去精神领袖的羊群吓得魂飞魄散，四处乱跑，一下子就全部跑散了。

在接下来的几周里，牧人们到处寻找走失的羊群，几乎每天都有焦急的牧人向我打听："最近你有看到走散的羊群吗？"每次我都不得不遗憾地告诉他们我看到的一些事实。

我记得有一次这样回答："是的，我看见五六只羊血淋淋的尸体，就躺在钻石泉旁边。"

另一次我回答说："我在马尔派山上见到有一小群羊在乱跑。"

还有一回说："我今天没看到，不过刚刚听琼·梅拉说，两天前她在塞德拉·蒙特看到差不多20只羊刚被杀死。"

最后，捕狼器终于运来了，我和另外两个人一起，用了整整一个星期的时间，费了九牛二虎之力，才把所有的捕狼器安置好。在捕狼器布置好的第二天，我去检查，居然在捕狼器附近发现了老洛波活动的痕迹，它竟然在每一台捕狼器旁边都留下了爪印。从泥土上的爪印，我可以完整地推算出它昨晚的活动路线。昨天夜里，它路过这里，虽然捕狼器的设置非常隐蔽，但它马上就发现了。它命令狼群的其他成员停止前进，自己小心翼翼地走上前去，把捕狼器周围的泥土拨开，直到把捕狼器、链条和木桩全部暴露出来。狡猾聪明的洛波丝毫没有碰触到捕狼器的机关。我精心布置的12台捕狼器都被它用完全相同的方法处理掉了。

从它的爪印我发现，只要老洛波认为前面有任何可疑迹象，它就会立刻停下来并从旁边绕过。于是后来我就把12台捕狼器按"H"形排列，也就是说，我在路的两边各摆一排捕狼器，同时在路中间横着安上一台，这一台看上去就像是字母"H"中间那一横，所有捕狼器的布置构成一个"H"形。按照我的计算，老洛波沿路而来，碰到路上横着的那个捕狼器，必然会习惯性地停下来，然后绕到旁边，这样就会陷入我在旁边设置的陷阱。

然而，我的这个计划再一次失败了。老洛波的确是顺着这条路

狼王悲歌

来了，它走到两排捕狼器的中间，在它快踩到中间那个捕狼器（也就是"H"的中间那一横）的时候，它停了下来。我至今仍然想不通它是怎么知道有陷阱的，或许真有神仙保护它吧。这时候它前面、左面、右面都是捕狼器，无论它怎么绕都会被捕。然而让我没有想到的是，它竟然来了个原路返回，它准确地踩着它来时的脚印，没有任何偏差地原路退回到了安全区域。接着，它用强壮的后腿把石头和土块往捕狼器上拨，这些石头和土块打在捕狼器的机关上，让所有的捕狼器都关掉了。类似的事情发生了很多次，尽管我换了不少花样，同时也加倍小心，但是没有一次能骗到它。它实在是太狡猾了，从来没有犯错的时候。我一直觉得，要不是后来它的白狼王后出事，让它变得冲动大意才最终丧命的话，它说不定至今还在这片平原上为非作歹呢。

六　出格的代价

　　有一次，我发现了这群强盗的一些异样的举动，从狼群的脚印可以看出，有一只个头较小的狼常常跑在狼王的前面。这是非常不正常的，一般来说，走在最前面的肯定是狼群的王，狼王的部下只能跟在狼王的后面。后来，有一个牧人告诉我情况，我才明白。那个牧人说："我今天看见狼群了，那只不按规矩走路的狼是布兰卡，那只白狼。"我当时就明白了，说："原来如此，布兰卡是只母狼，是洛波钟爱的王后啊。要是有公狼敢不识抬举跑到老洛波前面的话，老洛波肯定马上就把它干掉了。"

　　这个意外的发现让我想到了一个新的计谋。我杀了一头小母牛，并在它旁边显眼的地方设置了一两台捕狼器，以此来迷惑狼群，让狼群以为陷阱就是这个显眼的捕狼器。我把牛头割下来，像丢垃圾一样丢在离死牛不远的地方，仿佛牛头是被我丢弃不要的。而真正的陷阱其实就设在牛头旁边。我在牛头的四周安置了六台结实的钢制捕狼器，所有捕狼器都预先彻底除掉了味道。安置捕狼器的时候，我在手上、皮靴上以及所有的工具上都涂抹了新鲜牛血，安好机关以后，我还在周围的草地上也洒上了新鲜牛血。做得跟血是刚从牛头里淌出来的一样。在做好这一切以后，我又用小野狼的皮在这块地方仔细地刷了一遍，并拿起小野狼的爪子，在覆盖在捕狼器上的泥土上按了些爪印，

狼王悲歌

伪装成小野狼曾经在这里走动过的样子，以此迷惑狼群。我丢牛头的地方和杂草丛之间有一条很小的过道，我在过道上又加了两台最好的捕狼器，并将这两台捕狼器直接和牛头拴在一起。

狼都有个习惯，只要一闻到动物尸体的味儿，就算不吃，也要上前去看看发生了什么情况。我就是指望这种习惯能使老洛波的狼群中圈套。我知道，老洛波肯定会发现我在牛肉上做了手脚，不会让狼群去接近牛肉周围的机关。可是我希望用牛头作为诱饵来捉住布兰卡，因为它看来像是被当作废物扔在一边的。我想老洛波可能不会及时发现那个陷阱。

放置好机关的第二天早上，我就急匆匆赶去查看，发现牛肉还在，周围全是狼的脚印。而我放牛头和捕狼器的地方现在已经什么也没有了，很明显有狼中了我的圈套。我赶紧研究起了狼的脚印。正如我想的一样，老洛波并不让狼群靠近牛肉，但是有一只小狼独自跑去检查丢在一旁的牛头，并且结结实实地踩在了一台捕狼器上面。

被捕狼器夹住的狼拖着捕狼器逃走了。我和同伴们顺着脚印追，走了将近1600米，我们便追上了这只不幸的家伙。被夹到的狼正是白狼布兰卡。它发现了我们的到来，快速地逃跑。虽然它脚上有捕狼器，并拖着一个约20千克重的牛头，它的速度还是很惊人，不一会儿，便把我们这帮步行的人甩开了一大截。我们跟着它的脚印继续追，终于在山脚追上了它。它拖着的牛头的牛角被岩石挂住了，无法再跑了。它真的非常美丽，皮毛洁净而光滑，接近纯白色，可以

狼王悲歌

说它是我见过的最漂亮的母狼。

布兰卡一下就发现我们在它身后，立刻转过身准备和我们拼了。"嗷呜……"它长嚎一声，耸动着身子，眼睛紧紧地盯着我们，准备作最后一搏。"嗷呜……"这时，突然有一声低沉的狼嚎从远方的山谷传来，显然是洛波在回应它。但是老洛波已经来不及救它了，我们上前将布兰卡团团围住，各自拿出套索，"嗖"的一声抛向白狼的脖子，套索稳稳地落在了布兰卡的脖子上。我们每人都拉住套索的绳子，然后骑上自己的马，朝着不同的方向拉套索。它挣扎了一会儿，但是很快就口吐鲜血，眼睛发直，四肢僵硬了。直到它完全断气倒在地上，我们才停手。现在想起这些，我自己都有些后怕。弄死布兰卡之后，我们兴高采烈地带着死狼骑着马回家了，准备庆祝这有史以来的第一次胜利。

七 为爱舍生

在我们带着布兰卡的尸体返回牧场的路上，不断传来低沉的嗥叫声——"嗷……呜……"，一听便知道那是洛波。那天它的叫声和平时不同，充满了痛苦和愤怒，它正到处寻找布兰卡。它在我们周围的山地上徘徊，但是它非常害怕我们手中的枪，它知道斗不过我们，也知道已经没有办法救出布兰卡了。那一整天，我们都听到老洛波的哀号声，它始终不愿放弃它钟爱的布兰卡。我对一个牧人说："这下我可以肯定了，布兰卡和老洛波就是一对。"

天快黑的时候，"嗷……呜……"声音越来越近，我知道洛波正朝着山谷走来。它的叫声中充满悲伤，不同于它平时那种响亮的、肆无忌惮的嗥叫，它现在的叫声变成了长长的哀号，它似乎在撕心裂肺地痛苦呼唤着：

"布兰卡！布兰卡！你在哪里？"

到了晚上，根据老洛波的叫声的方向，我知道老洛波来到了布兰卡死去的那个地方。它发现了布兰卡的痕迹，嗅到了布兰卡的鲜血。"嗷呜……嗷呜……"它那心碎的哭号悲惨凄凉，我现在都找不到词语形容，就连向来铁石心肠的牧人们听到了也说："从来没有听到过一只狼这样叫过。"

过了一会儿，老洛波的凄惨叫声越来越近，显然，它跟着马蹄

印追到了牧场的屋子前。它是来找布兰卡的，也有可能是来寻仇的，它的到来惊动了一条看门狗，这条不幸的狗在离门不到50米的地方，被愤怒的老洛波撕成了碎片。从地上的爪印看，这次老洛波是单枪匹马过来的；而且我还发现，它追过来的时候并没有特别注意躲避危险，这对它来说是很少见的，布兰卡出事对它的打击很大，它心急如焚，自然顾不了那么多了。对于这一点，其实我已经预料到了，我前两天便在牧场的四周安置了不少捕狼器，专门等候洛波的到来。跟着洛波的脚印，我发现，老洛波还真踩到了一台捕狼器，不过由于它力气太大，最后还是挣脱捕狼器跑掉了。

我相信，老洛波还会继续找下去，它肯定要找到布兰卡的尸体才会罢休。我决定集中全部的精力，一定要趁这个时候将它捉住。此时它非常伤心，做事不考虑后果，只有在这种情况下才有可能将它逮住。这时候，我突然意识到，杀死布兰卡是一个天大的错误，如果没有杀死它的话，我们可以用布兰卡做诱饵，相信第二天晚上就可以将老洛波捉住了。

八 狼王悲歌

　　我把所有能够使用的捕狼器都弄来了，总共有130多台结实的钢制捕狼器。我将它们分为四组，分别布置在所有通往山谷的必经之路上，每一台捕狼器都拴在一个木桩上，木桩一根根分别埋好。在埋木桩的时候，我们小心翼翼地移掉草皮，然后把挖出来的泥土全部用毯子包走，一点不漏；在埋好木桩之后，再小心翼翼地盖上草皮。一切做好之后，丝毫看不出有人动过的痕迹。我们拖着可怜的布兰卡的尸体在各个捕狼器的位置转一圈，留下布兰卡的味道。最后，我们还割下了布兰卡的一只爪子，在各个捕狼器的旁边按上布兰卡的脚印。这一次，我几乎把所有能想到的措施都做足了，一直弄到深夜，才回去睡觉，等待结果。

　　夜里我仿佛听到了老洛波的声音，但是我不敢肯定。第二天，我骑马去山谷北部巡查，直到天黑，都一无所获。在吃晚饭时，一

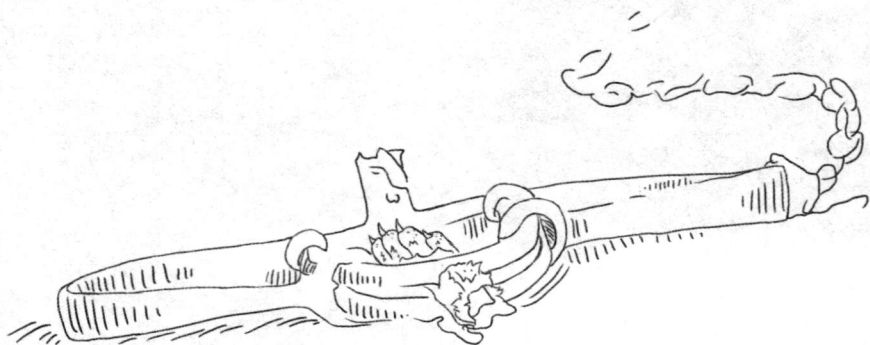

个牧牛人说："今天早上，山谷北部有个牛群闹得很厉害，可能有东西被捕狼器夹住了。"次日下午，我终于赶到了牧牛人说的那个地方。走近一看，一只像灰熊一样巨大的动物在那里挣扎，妄图挣开机关逃走。我知道，这个被捕狼器死死咬住的正是喀伦坡平原之王——狼王洛波。

这个可怜的老英雄，一直都在寻找它的爱人布兰卡，一发现任何有关布兰卡的痕迹，便不顾一切地追踪过来，最终导致它落入我的机关中，它被四台捕狼器完全控制住，毫无反抗的余地。它的四周全是牛的脚印，看得出这些牛曾经聚在老洛波的周围，羞辱了这个曾经的暴君。

尽管老洛波被捕狼器牢牢钉住，这些牛仍然不敢走近。它被困在这里已经两天两夜了，早已没有了力气。在我们走近它的时候，它用尽最后的力气站了起来，把毛竖起来，"嗷呜"，最后一次发出了它那使牛羊闻风丧胆的吼叫声，它这是在召集它的狼群。但是，这一次，它没有得到任何回应。接着，它用尽力气不顾一切地向我扑来。但是，它根本无法移动到我的面前，夹住它的那四台捕狼器，每台都绑有超过136千克的重物。它的四只脚都被捕狼器的钢牙咬住，捕狼器的木桩和链条又是互相绑在一起的，无论怎么挣扎都是徒劳。挣脱不出，它就用那白色的大獠牙啃咬那些绑着的铁链。我鼓起勇气用我的枪托去碰它，它一下咬住了枪托，我使劲从它嘴里拽了出

来，只见枪托上留下了深深的牙齿印，至今仍清晰可见。它眼中发着绿光，充满仇恨和愤怒，同时不断地用它最后的力气想要发动攻击，对付我和我那匹吓得瑟瑟发抖的马。地面被它用爪子刨出了一道深深的沟。最后，在饥饿、体力耗尽以及失血过多的共同作用下，它终于扛不住了，倒在了地上。

尽管老洛波有无数的劣行，但当我真正要对这个曾经风光无限的狼王下手时，还是有一种于心不忍的感觉。"你这个为非作歹的老强盗，再过一会儿，你就什么也不是了，只会变成一堆腐烂的臭肉罢了。"说完，我手一挥，将手中的套索扔向了老洛波的脑袋。但事情没有我想象得那么顺利，想让这个狼王屈服，可没那么容易。在套索还没有落到它脖子的时候，就被它一口咬住，接着一使劲，便将那又粗又硬的绳索咬成了两段，甩在了它的脚下。

当然，我可以用枪打死它，但是我不想弄坏它宝贵的皮毛，于是我骑马赶回营地，找了一个牧牛人和一根新的套索。我们先向老洛波扔了一块木头，它一下咬住了木头，趁它还没有来得及吐掉口中的木头，便迅速将套索丢了过去，紧紧地套在了它的脖

子上。

我们使劲地拉绳索，洛波凶猛明亮的眼睛渐渐暗了下去。看着它只剩一口气了，我大喊："不要杀死它，我们要活捉它。"此时老洛波已经彻底没有了力气，我们拿起一根粗木棍，很容易地把它横塞在洛波的嘴里，这样它的嘴就没有办法伤人了，然后再用粗绳子把它的四只爪子也绑起来，最后把粗绳子绑在了它口中的粗木棍上，这样粗木棍和粗绳子互相拉住，洛波就再也没有办法动弹了。当老洛波的爪子被绑起来以后，它再也没有做任何反抗，只静静地瞪着我们，仿佛在说："好吧，落到你们手里了，要杀要剐随便。"从这时候开始，它再也不搭理我们了。

我又拿绳子把它的腿牢牢绑了一遍，它没有呻吟，也不叫唤，甚至连脑袋也不转一下。我们两个人用尽了全身力气，才勉强把它抬到马背上。它呼吸均匀，像在睡觉一样，眼睛也变得清晰明亮了，但是它并没有看我们。它一直定定地望着远方那一大片起伏的山地，那是它和狼群曾经自由自在、为非作歹的王国，但是它的狼群现在已四分五裂了。它一直这么望着，直到山谷里的岩石把它的视线挡住。

我们一路走得很慢，最终安全地返回了牧场。一到牧场，我们就给它戴上一个结实的铁项圈，并用一根粗铁链子将它牢牢地拴在一个大桩子上面，然后解开了绑在它脚上的绳子。我是第一次这么近地观察它，一些关于狼王的传说也不攻自破了。它脖子上没有什

狼王悲歌

么传言中的金圈，它的肩上也没有与魔王撒旦结盟时烙上的反十字标记。不过在它的腰部却发现一个巨大的伤疤，据说是坦纳瑞的猎狼犬头领朱诺的牙印，那是朱诺在峡谷的沙地上被老洛波杀死前，给老洛波留下的纪念。

我在洛波的旁边放了肉和水，但它一点也没动。它平静地趴在那儿，用它那对意志坚定的、黄澄澄的眼睛看着我背后的山谷，透过山谷的入口望向远方，望向那片郁郁葱葱的草原——那是它的原野啊；那是一片令狼群垂涎三尺、无限留恋的美丽的大草原。我走过去碰了碰它，它一动不动。直到太阳落山的时候，它依然一动不动地盯着那片草原。我担心它晚上会召来部下，还专门设下了机关，然而它并没有那么做。它只在被抓之前叫过一次，在没有得到任何回应后，就再也没有叫过。

据说，丧失了力量的狮子，没有了自由的老鹰，以及失去了伴侣的鸽子，都会因此心碎而死。而眼前这个残忍的强盗，经历了所有这些打击，它能不伤心欲绝吗？

第二天天刚亮的时候，我发现它极其平静地躺在那里，只不过它的魂儿已经离开了——老狼王洛波死了。

我把它脖子上的项圈取了下来，然后和另一个牧人一起把老洛波的尸体放到了布兰卡的旁边，那个牧人叹了口气，对着老洛波的尸体说道："在这里，你终于找到她了，你们终于又可以在一起了。"

贫民窟里的猫

一 这个世界真热闹

"卖肉啦，卖肉啦！"沿街传来一个男人的叫卖声。这声音就好像是悠扬的魔笛，把附近的猫都源源不断地招了过来。不过除了猫，还招来一条 看起来特别冷漠的狗。

"卖肉啦，卖肉啦！"吸引了大家注意力的卖肉人过了一会儿才出现。

他是一个长相粗犷，个子矮小还脏兮兮的男人。他弯腰弓背，慢悠悠地推着小推车，一边吆喝一边往前走，后面跟着一大群猫。猫也跟着叫唤，众多猫的声音此起彼伏，几乎盖过了这个男人的叫喊声。

035

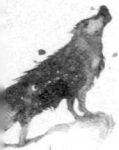

这个男人大约每走50步，就会聚集一大堆猫，此时小车停了下来。有着魔力声音的男人从车上的箱子里拿出串好了的肉，其中还有一些煮熟的动物肝脏，香气扑鼻。所有的猫都涌了上来，呜呜地叫着。

男人高兴地哈哈大笑，拿着一根长长的棍子把那些令猫们垂涎三尺的东西推下来，每只猫都会迅速叼起一块肉，敏捷地看一下周围，然后带着肉迅速跑走了。大家都找到一个安全的地方，高高兴兴地享受起美食来。

"卖肉啦，卖肉啦！"男人继续叫喊着。

猫又聚集起来了。吃完了的猫又围上来了，它们多么想再要一块肉。

卖肉的男人非常清楚这些猫都是从哪里来的。这只是卡斯提格里家的小老虎；这只是琼斯家的小黑；这只是布拉利斯基家的托克谢尔；这只是丹顿女士家的小白；那边溜走的是布兰金晓夫家的马尔特……

而爬上车的猫是索叶家的老黄猫比利，它的浑蛋主人从来就不交钱。卖肉的男人根据每只猫的主人交了多少钱来分肉，而且记得非常

清楚，比如哪些猫的主人每周都交十美分，哪些猫的主人从来没有交过钱。

约翰华西家的猫这次只拿到了一小块肉，因为它的主人没交钱；而那只脖子上有着彩条的小猫得到了一大块肉，因为它的主人是酒厂的老板，有钱，特别照顾卖肉人的生意；警察先生的猫也拿到肉了，虽然他没交钱，但他是警察，可以照顾肉店。

但也有其他的猫没有吃到肉，一只长着白色鼻子的黑猫自信地冲上来，可是被野蛮地赶走了！

这只小猫也不明白为什么，它这几个月来都没吃到肉。这是怎么回事呢？这个它可理解不了，但是卖肉的男人能理解，因为它的主人不交钱。卖肉的男人记得清楚着呢！从来不会出差错。

卖肉的车附近大约有四百只猫，有一些猫被赶得老远，因为它们不在卖肉人的名单上，它们的主人可没交钱。这就像猫社会的规矩一样，交了钱才有肉吃。但是它们仍然被肉香所吸引，也跟上去了，看能不能偶尔会有好运得到一块肉。

在这些猫中，有一只瘦弱的来自贫民窟的灰色母猫，它没有家，全靠自己的智慧生存。它长得又高又瘦，还有点脏，一眼就能看出它在一个谁都不知道的角落里生活。

它一眼紧盯着猫群，一眼盯着狗们。它看到那些快乐的猫在美滋滋地吃着它们自己每日的那份肉。有一只野猫看中了一只小猫嘴

中的肉，想要抢过来。小猫不小心，嘴中的肉掉到了地上，它们开始扭打起来。在其他猫也参与进去之前，母猫趁机叼起那块掉在地上的肉，然后逃走了。

它穿过对面一家侧门的一个小洞，越过后墙，坐下来狼吞虎咽地吃掉了这块肝脏。它舔舔嘴唇，觉得相当满足，然后就出发回到了垃圾堆旁自己的家里。

它的家在一个旧饼干盒里，那里还有它的孩子们。快到家了，它听到小猫们凄惨的叫声。它加速跑了回去，看到一只大黑猫正在咬它的孩子们。大黑猫的体形是它的两倍大。母猫用尽全力朝大黑猫扑过去。大黑猫惊叫一声，就像干了坏事被发现一样，迅速逃掉了。

只有一只小猫存活了下来，就跟它妈妈一样，小猫的毛是杂色的，灰毛上面夹杂着黑点，鼻子、耳朵、尾巴上有白色的斑点。母猫伤心了好几天，之后才渐渐地恢复。然后它把自己全部的爱都给了仅剩的这一只小猫。

虽然那只大黑猫残害小猫没安好心，但是这确实减轻了母猫的负担，小猫也是，不用跟兄弟姐妹竞争了。

母猫还是每天出去找食物，虽然在卖肉人那里很少拿到肉，但在垃圾堆里还是有吃的，虽然找不到肉类，不过肯定会有土豆皮、鸡骨头之类的东西，这样就能保证一天的食物了。

有一天晚上，母猫闻到了一股从东边河道那里飘来的诱人的香

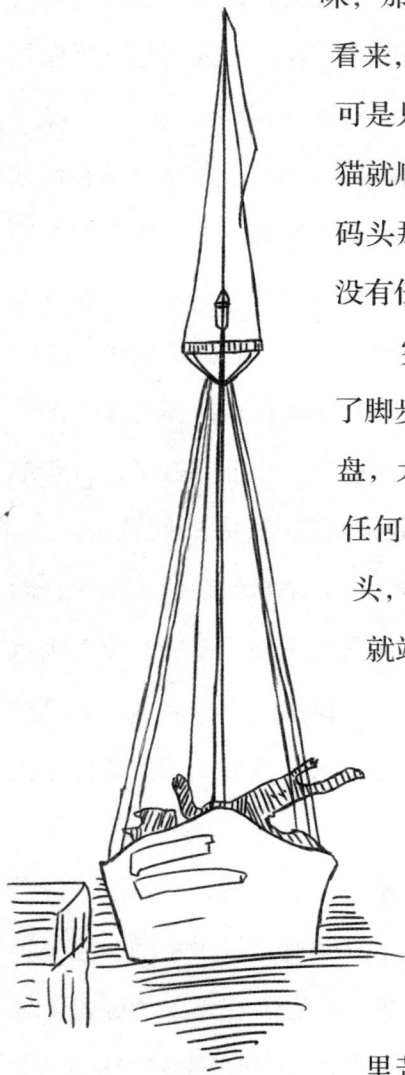

味，那香气是从小巷尽头传来的，在母猫看来，这样一种香味陌生且充满了诱惑。可是只有一条路直通东边的河道，于是母猫就顺着这条道走了好几个街区，来到了码头那边。此时是深夜，周围漆黑一片，没有任何可以躲的地方。

突然，它听到了狗叫声，然后又听到了脚步声，原来它闯入了老敌人大狗的地盘，大狗怒气冲冲地朝它扑来。这里没有任何可以躲藏的地方，母猫只能跑向码头，灵活地跳到了船上。大狗上不了船，就站在码头上吼了几声，悻悻地走了。

为了避难，母猫一直待在船上，没回岸边。这艘船正是诱人香味的来源地，母猫乘无人看守，饱餐了一顿，但这时候商船却出发远洋了，母猫就这样被带往异国他乡。

可是小猫还在贫民窟的饼干盒里苦苦地等着妈妈回来。夜晚过去了，白天开始了，妈妈还是没有回来。它非常饿，

贫民窟里的猫

出于本能，它就从盒子里面爬了出来，准备去找食物。它晃晃悠悠地朝垃圾堆走去，它觉得那里肯定有好多东西，远远闻起来好像是能吃的。可是到了垃圾堆，它就是找不到能吃的东西。

小猫呜呜叫着，走到了一座木制楼梯的下面，那座楼梯直接通往一家地下的宠物店。一个黑人在角落里悠闲地坐着，他看到小猫进来了，好奇地看着它。小猫碰到了一群蹦蹦跳跳的兔子，那些兔子压根儿都不看它。于是小猫继续闲逛，不久，它又来到了一个铁栅栏围成的笼子前面，笼子里面关着一只狐狸。这只狐狸像个绅士一样蹲在角落里，梳着自己那蓬松的大尾巴。小猫靠近了，好奇地把鼻子凑过去闻闻，然而，它的头被迅速奔过来的狐狸咬住了。

小猫先是受到了惊吓，叫了一声，但只是短促地叫了一声，因为狐狸咬住了它的脖子，都说猫的生命力很顽强，但这么咬下去也要没命的。幸亏黑人立刻走过来救了它。但黑人没有武器，也没法进到笼子里，他大声呵斥并朝笼子里吐口水。狐狸才乖乖地把小猫放下来，回到角落里去坐着了。

黑人把小猫拖出来，它似乎被吓晕了。说实话，它晕过去倒是会少了不少惊吓。小猫似乎没受伤害，只是有点晕乎乎的，它晃晃悠悠地站起来，慢慢才缓过来。几分钟之后它就在黑人的膝盖上发出呼噜呼噜的声音。当小店主人回来的时候，它已经彻底恢复了。

店主对那些小动物特别好，因为他是以这些动物为生的——他

FOX!

是宠物店的老板。不过他是注重利益的人，如果小动物带不来利益就没有利用价值了。他不想收养那只小野猫。

黑人只好给了小猫很多食物，让它吃完，然后把它带到一个很远的街区，把它放在了一个垃圾堆旁。

二　外面的世界真精彩

小猫刚才吃得饱饱的，还很有活力。它在垃圾堆里来回走着，好奇地看着远处的一扇窗户上挂着的鸟笼。它透过栅栏窥视，看到了一条大狗，它清楚大狗可不是好惹的，于是又悄悄地趴下了。它躺下来，睡了一个小时，突然有什么声音把它惊醒了。它一睁开眼睛，看到眼前有一只大黑猫，正睁着绿绿的眼睛看着它。大黑猫的脖子短而粗，有着又宽又方的下巴，它的脸颊上有个伤疤，左耳朵上还有个豁口，看起来一点也不友好。大黑猫把耳朵往后竖起，尾巴也竖了起来，喉咙里发出低沉的吼声。

小猫懵懵懂懂地朝它走过去，它不记得这只大黑猫了，它不记得是它咬死

了自己的兄弟姐妹。可是这个举动吓到了大黑猫，大黑猫胆怯地在邮筒上磨磨爪子，悻悻地走了。它不知道大黑猫的残暴，侥幸逃过一劫，倘若它不是走过去，而是掉头逃走的话，大黑猫肯定会杀死它，因为猫从来都喜欢追杀逃跑者。

夜晚来临了，小猫开始觉得饿了，它仔细地看了看前面那一段相当长的风管，选了一段它觉得最有趣的，然后用鼻子闻了闻，钻到了里面。院子的角落里有一个垃圾箱，它在那里找到了一点能吃的东西。它还在水管下面的铁桶里找到了饮用水。

整整一个晚上，小猫都在院子里来回溜达，了解院子的布局。第二天，它跟往常一样，在大太阳下面睡了一天。就这样过了一天又一天。有时候它在垃圾箱里能幸运地找到肉，有时候里面什么吃的都没有。有一次它在那儿看到了大黑猫，但是在大黑猫还没看到自己之前就溜走了。水桶一般还是放在那里，有时候会有泥巴堵住水管，就没有水了。垃圾桶有时也变得不可靠，有一次它一连三天什么吃的都没找到。它在高高的栅栏之中寻找着，看到一个小洞，于是爬了进去，竟然发现自己在一条大街上。这对于小猫来说是一个全新的世界，但是在它探索这个新世界之前，就被一条大狗发现了，大狗吼叫着朝它冲来，小猫见势不妙，迅速躲回洞里面。这个时候它快要饿死了，不过幸运的是，它竟然找到了一堆土豆皮，这给它带来了一点安慰。第二天早上它没有睡觉，又出去找食物了。

有些麻雀在院子里蹦跶，小猫以前从来没把它们当成事儿，挨饿的压力让小猫不得不去寻找新的食物来源，它发现麻雀可以当成食物。出于本能，它俯下身去，用垃圾当掩护，可那些麻雀特别警觉，在小猫扑上去之前就已经飞走了，这种事情发生过很多次。小猫反复尝试，可就是没抓到过，于是它相信了，除非到了快饿死的时候，否则再也不去抓麻雀了。

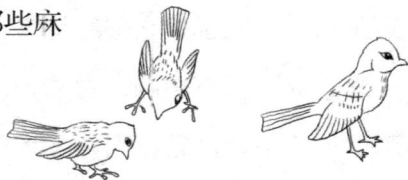

小猫已经五天没怎么吃东西了，它已经处于绝望边缘，于是它决定上街去看看。可是刚从那个洞里钻出来，就有几个小男孩朝它扔石子，它吓得赶紧逃跑。可恶的是大狗却在后面追了上来，小猫现在处境非常危险。它看到面前有个铁丝网，于是一下子跳到了铁丝网上面，以防被大狗抓到。就在这时，一个女人打开窗户，呵斥了那条大狗。后来那家的小男孩给了小猫一块肉，这是小猫出生后第一次吃到这样美味的食物。吃完后，它就待在那家的台阶下，想着还会不会有肉。它就坐在那里直到深夜，看到再也没有什么食物扔出来，只好偷偷溜回到平日栖身的小院子的垃圾桶旁边。

日子就这样慢慢地过了两个月，小猫的体形长大了，也变得强壮了，对于附近的情况它已经非常清楚。它对唐尼街道已经相当了解了，那里每天早上都能看到一排垃圾桶，它也很了解哪家的垃圾桶里会有好吃的，哪家没有。它碰到过那条大狗两三次，它知道怎么才能巧妙地躲开那些大狗。一个偶然的机会，它学会了新的觅食方法：每天早上送奶人把牛奶送到人家的门口，它就会对牛奶有了想法，偶尔会碰到一个盖子没有拧得很紧的瓶子，它就学会了如何开盖，趁机喝掉里面的牛奶。拧开瓶子对于猫来说太难了，而找到一个没拧紧的瓶子也很难，它经常要走过好几个街区才能找到一个，然后在这家主人发现之前迅速喝光。

之后，它又回到之前住的小院子里去了，那里对它来说从来都不是家，它觉得自己在那里会有陌生感。后来，它又回到了它出生的那个饼干盒附近，在这儿，它感觉就像是回到了老家。但不久，那里就出现了另外一只小猫。它愤怒地接近这只侵入了它领地的陌生猫。两只小猫彼此离得很远，互相发出吼叫声。突然，不知道谁开窗倒了一桶水，把两只小猫都给浇湿了。它们惊叫一声后逃跑了。那个入侵者瞬

贫民窟里的猫

间跑过了墙头，而小猫却回到了它出生的盒子里待着去了。它已经习惯了住在这片区域，而且还重新找到了住处。虽然这个院子里的食物没有别的地方多，也没有水。不过这里总是有老鼠，小猫总是能抓住几只老鼠，然后饱食一顿，有些大老鼠还特别肥。于是，小猫总是有充足的食物供应。抓老鼠的本领不仅仅让它饿不着肚子，还给它交了个朋友。

三　勇气决定生存

小猫完全长大了，长得像只小老虎，背上还有条纹，它灰色的皮毛上有黑色的斑点，鼻子、耳朵和尾巴上还有漂亮的白点。它现在特别擅长找食物，但也有饿肚子的时候，一到这时，它就开始打麻雀的主意了，可还是一只都抓不到。虽然它还是很孤单，但是有一股新的力量正在进入它的生活。

八月的一天，小猫正躺在太阳底下晒太阳，一只大黑猫从墙头直冲它走过来。小猫一下子就通过大黑猫那有豁口的耳朵认出了它，吓得躲到了盒子里面。黑猫跳到房顶上，朝小猫走了过来。这时，突然出现了一只黄猫，挡住了黑猫的去路。黑猫盯着黄猫，发出低沉的吼声。黄猫也丝毫不输气势。瞪着眼睛怒视着黑猫，两只猫的尾巴都在摆来摆去，耳朵都竖在后面，肌肉也绷紧了，边吼着边互相靠近。

"喵喵喵——"黑猫大叫。

"呜嗷嗷"黄猫也叫着。

"喵——呜呜——"黑猫叫声更大了。

"呜嗷嗷"黄猫边叫边摇着尾巴全力向黑猫冲了过去。

"喵——"黑猫尖叫着，然后往后退了一点，因为它看出面前这只黄色的猫是一只非常危险的猛兽。

有人打开了窗户，开始呵斥这两只猫，可是战斗还在持续着。

"喵——呜呜——"黄猫的声音随着黑猫的尖叫而低沉下来。紧接着又往前迈了一步。

现在它们的鼻子靠得非常近，都准备好随时冲上去，却都等着对方先进攻。它们沉默地盯着对方看了几分钟，如果不是尾巴还在摇着，它们就像是两座雕像。

"喵——呜呜——"黄猫又开始叫唤了，发出愤怒似的长鸣。

"嗷——"黑猫的爪子也伸向了黄猫，做出了准备攻击的姿势，它往后退了一点。黄猫向前走了几步，两只猫的胡须混到了一起，鼻子几乎都要碰上了。

之后，两只猫就滚在了一起，互相撕扯着。那只黄猫稍微占了

贫民窟里的猫

点上风，它们彼此又咬又踢又抓又挠，有时候黑猫在上面，有时候黄猫在上面，很快它们就从房顶上滚落下来。看热闹的人们开始大叫。即使在空中，两只猫也彼此撕咬着。落地之后，厮打依旧，黄猫英勇善战，黑猫无心恋战，在它们分开之前，我们看到黄猫占了上风，黑猫极度恐慌地想逃离这场厮杀！它迅速爬到一堵墙上，流着血狼狈地逃得无影无踪了。看热闹的人们开始彼此传递消息：卡莱一家的大黑猫被一只黄猫给打败了！

贫民窟里的猫

这只黄猫不太擅长找东西，不过贫民窟的小猫并不躲藏，黄猫在盒子中找到了它——确切地说是小母猫。小母猫没有试图逃跑，也许它目睹了这场战争之后对黄猫有了好感。在那之后，黄猫和小母猫就变成了好朋友，虽然并不是一起生活或者一起找食物，但是它们的感情日渐升温，早已认定对方为伴侣了。

我们就把黄猫叫比利，称小母猫为凯蒂吧。

四　猫窝里的小兔子

九月过去了，十月的白天变得越来越短了，在旧饼干盒里发生了一件大事，如果黄猫比利来的话，它就能看到凯蒂的肚子下面有五只小猫了。这对凯蒂来说是一件大好事，它感受到了一个母亲能感到的所有喜悦，它那么爱它的孩子们，总是温柔地舔着它们。

凯蒂的生活变得快乐起来，为了照顾小猫们，凯蒂把全部精力都放在出去找食物上面了。随着小猫们一天天长大，找食物的责任也越来越重。

小猫们六周大的时候，它们已经可以从盒子里面爬出来了，晃晃悠悠地学着走路。

在贫民窟里溜达，有时候运气不错，有时候却坏得要命。凯蒂已经一连三次碰到大狗了，此前它已经两天没找到食物了，那个宠物店的黑人还用石子砸它。想不到的是，突然它就有了好运气。第二天早上，凯蒂发现有一家人的牛奶盖子没有拧紧，然后它又从一只猫的嘴里抢来了一块肉，接着，又发现了一个大鱼头，而这一切的运气，仅仅发生在两个小时以内。吃饱喝足之后，它便高兴地回家了。

就在刚回到后院的垃圾堆时，它发现了一个棕色的小东西，它不知道那是什么，但是它也吃过几只老鼠，这个小东西看起来像是长着大耳朵的大老鼠。凯蒂小心地靠近大老鼠，却发现那是一只小兔子。小兔子坐了起来，看起来特别虚弱，也没有逃跑的打算。凯蒂扑上去把它叼在了嘴里。它刚吃过东西，于是便把小兔子带回饼干盒子，放到了它的孩子们当中。小兔子浑身发抖，身上并没有受多大的伤，但是受了惊吓，颤颤巍巍地，还没法从盒子里爬出来。渐渐地，它跟小猫们相处得特别好，当小猫们准备喝奶的时候，小兔子也跟着一起吸凯蒂的乳房。凯蒂感到很疑惑，它原本是把小兔子当备用食物的，可现在它的母性本能占据了上风，结果小兔子成了这个家的一员。

贫民窟里的猫

两周过去了，小猫们已经可以趁妈妈外出的时候在饼干盒周围溜达了。可是小兔子还是没法爬出饼干盒。宠物店老板在后院看到了小猫们，让那个黑人开枪打死它们。黑人拿着一把步枪把小猫们给打死了。就在这时，凯蒂正叼着一只老鼠走回来。黑人也想打死它，但是看到老鼠之后就改变了主意：一只会抓老鼠的猫是好猫，不能被打死。

逮住老鼠的凯蒂没想到正是这个原因救了自己的命。它回到饼干盒那里，发现小猫们都不见了，只有小兔子在里面，它想把老鼠喂给兔子吃，可是兔子却不感兴趣，所以，它只好躺下来给兔子喂奶，同时还不死心地呼喊着。

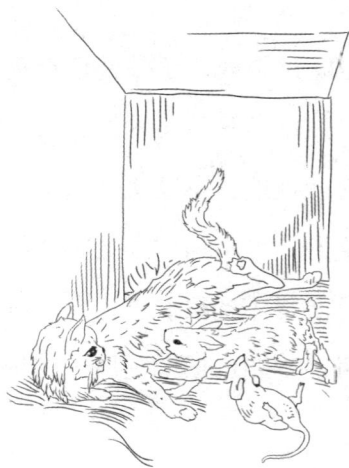

听到凯蒂的呼喊声，黑人慢慢靠近了凯蒂的家，当他往饼干盒里看时，让他吃惊的是，饼干盒里竟然有一只

母猫，一只兔子，旁边还放着一只死老鼠。

凯蒂看到黑人的时候，竖起了耳朵，发出了低沉的吼声。黑人只能退回去了，但是过了一会儿，他就拿了一块板子盖在了饼干盒上方，然后把饼干盒连带着里面的小东西们一起拿回了宠物店。

"您看，老板，这不就是那天我们丢的那只小兔子吗？"他们本来要吃了它的。

几天后，凯蒂和兔子被小心地放到了一个大笼子里，挂在店外面展览，美其名曰"快乐的一家"。可是几天之后，兔子看起来像是生病了，不久就死掉了。

凯蒂在笼子里过得不开心，虽然有得吃有得喝，却没有自由，而它宁愿死也不愿意失去自由。凯蒂在笼子里待的那几天，有人给它洗了个澡，露出了它原本的毛色，老板看到它如此罕见的毛色，于是决定留下它。

贫民窟里的猫

五　乞丐变皇后

　　宠物店老板马力是个矮小的伦敦人，一直以来名声都不好，因为他总是把体弱的宠物卖给别人。虽然身为老板，他却并不富有，但是他还管黑人的吃住，可以说他的心不太坏。

　　马力是一个很有野心的人，不想一辈子当个小老板，他希望人们以一个名品老板的身份来重新认识他。他希望能参加一个猫展，就是那种名猫品评会。他之所以想参加，出于三个目的：第一，或许会有一大笔奖金；第二，可以领到去猫展的免费车票；第三，如果一只猫出了名的话，他的宠物店也会身价百倍了。

　　但那是个高端的猫展，不是什么猫都能去参展的，必须有介绍人，所以他上次送去参赛的波斯血统的猫很快就被退回来了。有一次，他看到了报纸上的一篇文章，上面写着"如何使动物的毛发更加顺滑"，于是他就按照上面写的，开始梳理凯蒂的毛发。这对凯蒂来说无异

于酷刑。

首先，他先用杀虫剂把凯蒂的毛皮洗了好几遍，杀掉了所有的寄生虫，然后他再用肥皂和热水给它洗了个澡，尽管凯蒂相当讨厌洗澡，不停地尖叫、挠人。但是马力不管这些。他给凯蒂洗完澡后，把它放到火炉旁边烤干。火炉边上特别暖和，凯蒂觉得身上很暖和很舒服，于是就认为经历长时间的折磨换来这份舒适也是值得的。马力跟他的助手，就是那个黑人对清洗后的结果都相当满意，他们认为凯蒂也应该会对此感到满意。但是这只是准备阶段，现在，真正的实验开始了。

报纸上面写着："如果给动物喂食大量油腻的食物，再让它接受严寒的洗礼，就会拥有相当完美的毛发。"转眼入冬了，马力把凯蒂的笼子放在室外，每天用奶油蛋糕和鱼头来喂它。凯蒂开始迅速长胖，因为每天在笼子里无事可干，只能吃东西或者舔自己的皮毛。它的笼子一直保持得非常干净，因为吃得好，天气冷，凯蒂自然而然就长出了厚厚的皮毛，呈现出耀眼的光泽。冬天过了一半的时候，凯蒂已经成为一只相当漂亮的猫了。马力对此相当满意，他已经开始做成功的美梦了。今年不允许失败，去年的失败太让他伤心了，他这次要把每一个细节都做得完美无缺。他对他的助手说："绝对不能让大家看出它是一只贫民窟出来的猫，你知道吗？"他接着想："我们得给它取个名字，取个听起来就有皇家风范的名字。我们叫它

贫民窟里的猫

皇家迪克，或者皇家山姆怎么样？不对，那些是公猫的名字。对了，萨米，你家乡的名字是什么来着？"

"我的家乡叫阿纳罗斯丹，我的出生地。"

"对，这个名字好，皇家阿纳罗斯丹，真是完美的名字！展会上我们就说它拥有阿纳罗斯丹的血统，怎么样？展会的时候我们就这么说！"然后两人都笑了起来。

"但是我们得给它弄一个血统证明书。"黑人说。于是两人费了好大劲来准备这些东西，还参考了别的血统证明，最后伪造出了一个证明。

在一个阴天的下午，萨米戴着借来的礼帽，带着凯蒂和伪造的皇家血统书去参加展会的报名了。萨米当过理发师，见过很多上层的绅士，所以在出门之前学了个绅士的动作。他很聪明，五分钟就能学会。如果让马力学的话，一辈子都学不会，这也是由萨米带着猫参展的原因之一。

萨米傲慢地朝报名处走去，故意装出一副绅士派头，对报名处的人说："受主人之托，来给这只猫报名！"

看着萨米的派头，报名处的人都以为这只猫有来头，必须向品评会推荐。于是，他们恭敬地接过凯蒂和它的血统书，给萨米发了一张入场许可证。

终于成功进入了品评会，马力舒了一口气。

品评会开幕了，马力进入展厅，会场里摆着一排排的猫笼子，笼子前面铺着天鹅绒的地毯，很多绅士淑女在这里聚会。他看着笼子里的猫，也注意到那些猫身上的彩带。他穿的衣服不太好，形象跟这个展览一点也不相符，于是他很胆怯，害怕这些绅士淑女看透了他的小把戏，会说出什么对他不利的话，也就是说，如果人们看出凯蒂不是有皇家血统的猫，会不会取消参赛资格？可是他在哪里都找不到凯蒂，也不敢去问，他发现展厅的正中央聚集了特别多的人，就是看不到凯蒂。

马力心想："一定是评委们看出小猫是冒牌货，给退回去了。唉，无所谓了，我现在拥有可以入场的票，也知道以后去哪里偷来纯种波斯猫或者安哥拉猫了。

展厅的正中央是一些高级名猫，那里聚集了一大群的人，有两个警察在那里维持秩序。马力踮起脚想看看，可是他太矮了，什么都看不见，几个有钱人看到他的破旧衣服，皱皱眉头躲开了，他这才可以看见一点点。

一个高个子的女人说："它真是太美了呀！"

"可不是吗！"有人回答道。

"看它那高雅的气质，一下子就能分辨出来。"

"我多想拥有那只卓绝的宠物呀！"

"多么尊贵，多么优雅！"

"据说它有皇家血统呢，就像法老的猫一样，我听说。"听到这里，矮小而又脏兮兮的马力觉得自己把凯蒂送进去参展真的是太愚蠢，太丢人了。

　　这时候，管理展览厅的工作人员走过来，说："不好意思，淑女们，《艺术家》杂志的画家们来了，要给这些高贵的猫画像，您能往旁边站一下吗？对，就是这样，非常感谢。"

　　"请问，管理员先生，您能帮我安排一下，看看这只猫的主人卖不卖？"

　　"呀，我也不太清楚，"管理员回答道，"我只知道他是个很有门道的富人，不太容易接触到，但是我会试试的，女士。他都不太愿意展出自己的宝贝，这是我从他的仆人那里听说的。请您往旁边站站。"围观的人绕开了一条道，这个时候马力正拼命挤到前面去，想看看在哪里能找到这么名贵的猫。他靠近了笼子，瞥了一眼，上面有一块牌匾写着："上层社会猫展的蓝带奖！获奖的是具有纯正血统书的名猫皇家阿纳罗斯丹。主人是吉普·马力。（此猫非卖品。）"

　　看到这些字，马力觉得自己都要停止呼吸了，他仔细地又看了一遍。是的，在那个高高的笼子里，在天鹅绒的毯子上，有四个警察看守着的、有着漂亮而耀眼的毛发的、眼睛微闭着的，就是他的贫民窟的猫凯蒂。这只猫显得特别超凡脱俗，正躺在那里接受众人的仰慕，这景象简直如同一幅油画。

THE CHAMPION OF THE CAT SHOW

马力在笼子外徘徊，听着人们对那只猫的赞美，感到了从未有过的光荣和满足。他的梦想实现了，但是他觉得还是不要公开自己的身份为好，如果别人知道这么高贵的猫的主人竟然是个住在贫民窟的宠物店老板，一定会有不好的影响。

凯蒂让那次展会非常成功，每天它的价值都在增长，马力一般不太了解昂贵的猫都是什么价钱，所以当他得知凯蒂的身价已经升到100美元的时候，他就让萨米去找展览馆长，问问这个价钱怎么样。

打听到这个价格不错之后，马力便立刻把凯蒂给卖了。就这样，凯蒂来到了第五大道的一个高级住宅区，成了一个有钱人家的宠物。但是它一开始显得非常傲慢，不愿意别人靠近，不愿意成为别人的宠物。可是主人家解释说："它是一只有皇家血统的高傲的猫，当然不喜欢靠近凡人了！"它跳到饭桌上去的时候，主人也会给它找理由，当它准备袭击家里的金丝雀的时候，主人也不会责怪它："这只猫只是想试试，因为它长在皇家，从来没见过金丝雀！"而且它还像过去一样，会去拧那些松动的牛奶瓶，这家主人就会说："多么聪明的猫啊！竟然会自己开瓶子喝牛奶！"它不喜欢铺了丝绸的篮子，它喜欢往窗户上撞，这时主人都会给它开脱："不喜欢丝绸是因为这些丝绸不是上好的料子，没有皇家的舒服，而且这些玻璃也不是皇家用的。"

还有更多：它在毯子上打滚，显示出它具有东方人的思考方式，

贫民窟里的猫

它几次尝试在后院抓麻雀表明它在皇家
受过高等教育，想要在这里尝尝鲜；而
它经常在垃圾堆里面打滚竟然被人们以
为是"大小姐脾气犯了"。它被喂得很
好，被人当成宝贝养着，每天被人称赞，
不用担心挨饿或者挨冻，但是它不开
心。凯蒂想家了，它不停地挠着脖子上
围着的蓝带，直到把它给挠下去。它向
窗户撞过去，因为它想把玻璃撞碎，然
后去外面的大道上。它尽量避开人们和
大狗，因为他们总是特别不友好。而且
它会坐在屋顶上，或者坐在后院，希望
自己能在外面。

　　但是这家主人把它看得特别严，从
来不让它出门，所以它无处可逃，只能钻进屋子里的垃圾桶乱翻，
找东西吃，来缓解一下它的思乡之情。三月的某一天，这家的主人
去外面扔垃圾的时候，凯蒂趁机从门缝钻了出去，一转眼就消失了。

　　凯蒂的消失引起了轩然大波，只是凯蒂自己不知道而已，它也
不关心这一点，它满脑子都想着要回家。它觉得这个方向好像是去
格兰奇山的，走了一段时间之后确实到那儿了。可是，那里不是它

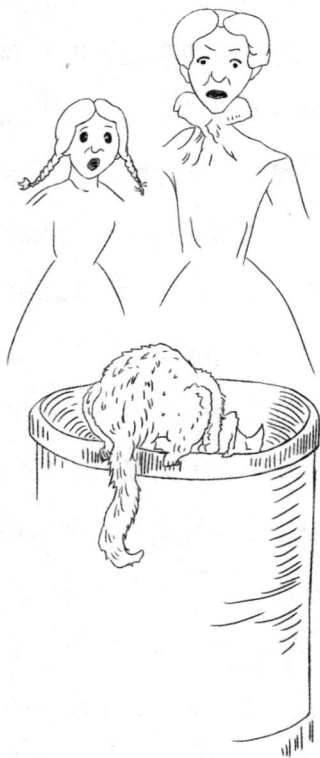

的家，而且它也没有吃的了。它开始觉得饿了，但它还是觉得很开心。它在一家人的花园前面趴了一会儿，一股东风吹来，它立刻跑向码头。猫是很神奇的生物，无论身处哪里，都能找到自己故乡的方向，然后向那个方向走去。

　　它沿着风的方向向东走，穿过花园前面的铁轨，停下来站了一会儿，又走过过道寻找最黑的地方，然后来到水边，可是附近还是陌生的地方。好像总是有什么在牵引着它，这一路上它躲过了大狗、猫和卡车，不知过了多久，它终于走回了熟悉的码头，闻到了熟悉的味道，在太阳升起来之前，它就已经爬过了那个熟悉的墙上的小窟窿，回到了那个院子，是的，回到了它出生的那个饼干盒里。

　　休息了好久之后，它慢慢地从饼干盒里爬出来，走到通往地下室宠物店的楼梯旁边，准备去找点吃的东西。宠物店的门开了，门口站着黑人萨米，他立马对着里屋的老板马力吼道："看呀！老板！到这儿来！那只猫回来了，皇家阿纳罗斯丹！"

　　马力立刻飞奔过来，刚好看到凯蒂跳到墙头上去了，于是，他们就开始大声模仿凯蒂的叫声，呼喊道："小猫，小猫，过来呀，小猫！"

贫民窟里的猫

但是凯蒂对他们的虚情假意不屑一顾，瞬间离开了他们的视野。

对于马力来说，这只小猫可是摇钱树啊，卖了它之后，他用那100美元做了许多事情，比如说装修了宠物店，还买了几只昂贵的鸟。现在如果能抓住它，就是再大赚一笔的机会！于是马力命令萨米："一定要把小猫给抓回来！"于是，狡猾的萨米就在旧饼干盒旁边放了肉和捕鼠夹子，等着凯蒂回来。

凯蒂找了一天，也没找到吃的，当它垂头丧气地回到猫窝，看到肉之后就迅速扑了上去，只听见"啪"的一声，它被捕鼠夹子抓住了。躲在一旁的萨米一看到凯蒂被抓住了，就把它带回了宠物店。老板每天都要看报纸上的"失物招领"栏目，直到有一天，上面刊登了："名猫，皇家阿纳罗斯丹丢了，谁能找到并且送回来，就会有25美元的奖赏。"

于是，当天晚上萨米就打扮成马力先生的仆人把猫送过去了。萨米装作一副高傲的样子说："马力先生要我跟你们说，他很高兴也很荣幸能帮你们找到这只猫，它竟然在马力先生的宅子附近溜达，所以马力先生立刻差我把它送回来了。先生还说奖金就不要了。"

那户人家当然非常高兴，而且给的奖金比25美元还要多，因为这只名猫皇家阿纳罗斯丹能回来真的是太好了。

自那之后，那家人看凯蒂就看得更严了，每天还是喂给它很多美味的食物。可是失去了自由的凯蒂变得更加粗暴，也越来越任性。

六　当皇后并不快乐

　　纽约的春天来了，到处都是生机盎然的样子，脏兮兮的小麻雀也在外面互相打闹，整个区的猫都在叫唤着。第五大道的这家人决定去乡下的别墅里生活一阵子，于是他们收拾好行李，关好门和窗户，就去往目的地了，路程大约有80千米。当然，他们把凯蒂装到篮子里，也带走了。

　　"它需要换个环境，呼吸一下新鲜空气，这样才能忘记之前的主人，听我们的话，快乐地过日子。"这家人想。

　　装着凯蒂的篮子被放上了火车。火车上很吵闹，混杂着各种各样的声音和气味，过了一阵子之后，凯蒂听到了一些梆梆的声音，还有一扇很大的门打开的声音，之后又闻到了腐烂的味道。吵闹的声音和讨厌的气味一直持续着，凯蒂忍了好久才缓过来。后来，它又听到了噼里啪啦的声音，然后有了灯光，它听到一个男人的声音："准备出发去第125大道啦！"当然，凯蒂能听出来，这是马夫的声音，他们下了火车，坐上了一辆马车。

贫民窟里的猫

当马车最终停下来的时候，阳光透过篮子的间隙照了进去。这只皇家小猫被轻轻地举起来，很快，马车轮子的声音就走远了。此时，凯蒂听到了更陌生、更可怕的声音——一条大狗的声音，还离自己很近。篮子被举得更高了，他们终于到了乡下的别墅。

别墅里的每个人都对凯蒂非常好，他们都想取悦这只皇家猫，但是凯蒂从不搭理他们，除了一个胖胖的厨娘，她是凯蒂在厨房乱晃的时候遇到的。这个人身上带着巷子里的味道，这让凯蒂觉得非常亲切，深深地被她吸引了。厨娘听说家人们担心小猫再次跑掉，便说道："如果在猫的身上涂一点油的话，它就会不停地舔自己的毛，就没有空跑掉了。"她抓住凯蒂，用她的围裙裹住，到锅里蘸了一点油，抹在了凯蒂的脚底上。凯蒂当然对此特别反感，火冒三丈。但是当它弯下腰开始舔自己的爪子的时候，它就高兴了，它很喜欢油的味道，所以接下来的整整一个小时，凯蒂都在舔自己的爪子。厨娘高兴地宣布："它一定能好好待在家了。"

凯蒂确实安心待在家里了，但它总是靠近厨娘和垃圾桶，还会去捡垃圾。这家人虽然无可奈何，只能把这个习惯当作是凯蒂的一个怪癖。

　　一两周之后，他们给了凯蒂更多的自由，但还是会让人看着它，同时也为了保护它免受大狗的侵袭。周围的狗都被教导要尊敬这只皇家猫，连周围的小孩子都知道这只猫特别高贵，不敢朝它扔石子。凯蒂想吃什么就能吃到什么，可是它还是不开心，它渴望得到好多东西，虽然它几乎什么都有了，但它还是想要更多。足够的食物和水——是的，它有，可是这些跟当年自己去水管那里随心所欲地喝水还是不一样；牛奶一定要从别人家门口松动的瓶子里偷着喝才好喝，而且一定要在饥渴得不行了的时候喝才最美味，现在这样随意地喝牛奶没有味道。

　　别墅的后面有一个垃圾场，在邻居家也有一个，但这里的垃圾场跟凯蒂熟悉的不一样。这里到处都充满着玫瑰香味，就连马和狗身上的味道都不太对。这里的一切都像一片沙漠，没有生气，到处都是令人作呕的花园和干草地，不是凯蒂熟悉的垃圾场。它真的一点都不喜欢这里！后院只有垃圾场这一个角落闻不到那种令人作呕

贫民窟里的猫

的玫瑰香味，可是自打凯蒂来的那天起，就没有看到过一个烂掉的鱼头，也没看到垃圾。这真是它所见过的最讨厌、最无聊、最没有吸引力的地方了。这几个礼拜以来，凯蒂越来越依赖那位厨娘。夏天过后的某一天，发生了一系列不愉快的事情，之后这只来自贫民窟的猫就彻底解放了。

　　码头那边寄来一个大包裹，运到了乡下别墅，里面的东西凯蒂不在意，但是包裹散发着凯蒂熟悉的船坞和贫民窟的味道。这个味道立刻唤醒了凯蒂的记忆，过去的记忆就像一股危险的力量，在引诱着它回去。第二天那位厨娘就离开了，就是因为这个包裹。此外，还有一件事情。这个家里的小男孩特别调皮，他才不管凯蒂是不是什么皇家猫，那天他竟然在凯蒂的尾巴上拴了一个罐子，只是为了捉弄它。这无疑让凯蒂特别生气，它立刻伸出像鱼钩一样的两只爪子去抓小男孩，在他的手上狠狠抓了一把。小男孩的哭声惊动了女主人，于是她就抓起手边的一本书打向凯蒂。凯蒂随即往旁边一躲，迅速跑到楼上去了。

贫民窟里的猫

凯蒂在楼上一直躲到太阳下山，到了夜里它才敢溜下楼，挨个看看有没有没上锁的窗户或者门。很快，它发现了一扇没有上锁的门，于是它马上钻了出去，在这个没有月亮的晚上。对于人来说，这个时间的户外是漆黑一片；但是对于凯蒂来说，哪怕是在深夜，也能看得一清二楚。凯蒂穿过那些讨厌的花丛，在花园的一小片灌木丛底下睡了一觉，之后就飞快地逃走了。

它该怎么回去呢？这里的路它也不熟悉！但是它有一种本能，与生俱来的，可以给它指引方向。人类的这种本能感很弱，但是马很强，猫也是。这种神奇的本能指引着凯蒂往西去。不到一个小时它就跑了三千多米，它跑到了哈德逊河边上。它的鼻子告诉它，现在走的路是正确的，因为它不断能闻到熟悉的味道。就像一个人在一个陌生的街区走了大约一千米之后，不会刻意去记住什么建筑，但是下次再来这个街区，看到某个建筑的时候还是会说："啊，是的，我之前见过这栋楼。"所以指引凯蒂回家的主要就是它准确的方向感。它的鼻子每次都会做检查，看看方向对不对，"是的，你现在走的方向很对，我们去年春天路过了这个地方。"

河边就是铁路，凯蒂没法在水面上走，它必须向北或者向南走。在这里它的方向感特别准，脑子里仿佛有个声音告诉它："向南走。"凯蒂就顺着声音向南走去。铁道的拐弯处有个栅栏，在铁道和栅栏中间有一条小道，凯蒂就顺着这条道走了。

七　宁为乞丐，不当皇后

　　凯蒂如果在树上或者在墙边可以走得特别快，但是如果在大道上走，就会觉得累。虽然这趟回家之路很愉快，而且方向应该也没错，但是经过一个小时，它才走了三千多米，终于远离了那令人讨厌的玫瑰园。它有点累了，脚也发酸，当它准备休息的时候，栅栏对面传来了狗叫声。凯蒂很害怕，立刻躲到了栅栏里面。它沿着小路尽可能地快跑，不停地回头看看大狗，看它会不会冲过栅栏。虽然大狗暂时还没有追上来，但是它跑得越来越近了，喉咙里发出恐怖的吼声。凯蒂在栅栏另一边吓得魂飞魄散，不停地狂奔。后来，狗叫声变成了深沉的低吼声，就像雷声一样。凯蒂回头一看，原来不是之前那条狗了，而是比狗大很多的黑家伙。黑家伙正瞪着它，低吼着，嘴里好像还吐着白气。凯蒂吓得拼尽全力向前跑。但是一切都是徒劳，这个怪兽很快就追了上来，并且超过了它，然后消失在黑暗中，声音也渐渐消了下去。凯蒂把身子紧紧地贴在栅栏上，虽然那个黑

色的大怪兽不会伤害它了，但是它还是贴在那里，不停地喘着粗气。这个时候离家似乎又近了。

这是凯蒂第一次见那个奇怪的怪兽，当然只是对于凯蒂来说，似乎它的鼻子提示它，这是它要回到家了的另外一个标志。凯蒂后来发现，这种怪兽都特别愚蠢，如果它悄悄地躲在栅栏边上的话，大怪兽就找不到它了。其实，这怪兽就是火车。在天亮之前它已经遇到过好几个这样的大怪兽了，凯蒂已经不那么害怕了。

太阳出来的时候，它到达了一处小小的贫民窟，幸运的是，它在地上找到了一些未被消过毒的食物。于是，它就在马棚附近待了一天，期间有两条狗和几个淘气的小男孩来骚扰过它，它被夹在中间差点丧命。夜里，凯蒂又上路了，它没想到这个地方也有很多发出低沉吼声的大怪兽，但是它不害怕了，只管走自己的路。第二天，它在一个谷仓里睡了一天，还抓到一只小老鼠。

第二天晚上就像前一天晚上一样，除了一件事——它遇到了一条狗，撵着它往回走了好一段。有好几次它都差点被岔路口误导，

但是它都及时地改变成正确的方向，坚定地向南走。这段日子，它白天的时候钻进别人家的谷仓里休息，躲避小狗和小孩，一到晚上就又接着上路，一直坚定不移地向南方走。尽管路上会碰到大狗、小男孩、轰鸣的怪物，它还是会继续走下去，它的鼻子一直在鼓励它、提示它："这里的味道我很熟悉，去年春天我们来过这里。"

一周过去了，凯蒂已经浑身脏兮兮，获奖的蓝带也被扯掉了，脚很酸，筋疲力尽。它居然走到哈莱姆大桥了。虽然这里有诱人的家的味道，但是它不喜欢这座大桥。半夜的时候，它在桥边徘徊，发现只有过了这座桥才能继续往南走。但是这座桥是火车专用桥，时不时会有怪兽轰鸣而过。虽然凯蒂已经不害怕了，但是到了桥上，怪物冲过来的话，凯蒂是没有地方能躲藏的。

但凯蒂是不会被这些困难阻挡的，它还是坚定地要过桥，还没走到三分之一的时候，就有一个大怪兽轰鸣着向着它奔来了。凯蒂吓坏了，它知道这个大怪兽很笨，而且看不见它，所以它就俯下身子，紧紧地贴着地面。当然了，这个愚蠢的大怪兽要是没看到它就过去了，这是最好的情况。可是凯蒂一回头，发现前面又出来了一个大怪兽。它吓得浑身发抖，拼命地跑，却被两个怪兽夹在中间。它决定索性纵身一跳，跳到了水里。

此时正值八月，河水还不太凉。凯蒂一边划水，一边不停地喘气，好不容易才停下来。它环顾四周，想看看大怪兽有没有追着它。

073

还好怪兽没有出现，它就放心地游向岸边。凯蒂在这之前从来没游过泳，今天竟也游得不错，它的姿势就像它走路的姿势一样，自然而然地游向了对岸。对岸就是靠近家的方向。它从岸上爬起来，全身都湿透了。岸上满是泥巴，随后凯蒂又穿过了煤炭堆和土堆，此时的它身上又黑又脏，一点都不像皇家小猫了，就是一只普通的猫。

一旦心情平复下来，凯蒂就变得很开心，感觉就像是大夏天的时候在河边洗了个凉水澡，它成功地躲过了那些大怪兽。

它的鼻子、记忆和方向感指引着它又走上了回家的路。但是这个地方到处都是那些大怪兽，总是逼得它到处躲藏，过后再费劲地走回原来的方向。

整整三天时间，凯蒂见识了在东河船坞的各种各样的危险状况。有一次，它在一个港口不小心上了一条船，被带到了长岛，但是它又坐另外一条船回来了。第三天晚上，它回到了熟悉的地面上，也就是它第一次逃脱危险并过夜的地方。从那儿开始，它回家的路线变得越来越熟悉。凯蒂加快了行进的步伐，它知道要去哪里，怎样才能找到奶酪。无论遇到多么可怕的大狗，凯蒂现在也不害怕了，它只要看上一眼，就知道如何应对这样的大狗。它走得越来越快，也越来越开心，过一会儿它就要到家了，就能蜷缩在那个旧院子里了。再拐个弯，它就能看到那个街区了。

但是——故乡！没有了！凯蒂没法相信自己的眼睛。那里曾经是一个街区，有许多房子，可是现在仅剩一堆乱石、木材以及地上的大洞。

凯蒂在这附近走来走去，它从周围的景象和地面的颜色能判断出来，它现在所处的地方就是它的家，那里曾经住着宠物店老板，那里是个老垃圾场，但是现在一切都没了，完全没了，凯蒂彻底失望了，心碎了。它挚爱的地方就是它的血脉所在地，它历尽千辛万苦，就只为回到这里，可是这里什么都没有了，它的心沉了下去。它在寂静的垃圾堆里徘徊，没有找到任何能吃的东西。废墟蔓延了好几个街区，一直延伸到河岸边。这不是火灾引起的，凯蒂看过火灾之后的场景，这看起来更像是被大怪兽糟蹋过的杰作。凯蒂一点都不知道，这里要建一座大桥，所以房子都被拆掉了。

太阳出来的时候，凯蒂开始找住的地方。有几个街区还保留着，凯蒂就选择了那里。它了解一些有关这些街区的信息，不过只是当年比较了解，现在凯蒂过去一看，发现到处都有跟它一样失去了家

贫民窟里的猫

园的流浪猫。当垃圾桶被拿出来的那一瞬间，所有的猫都扑了上去，很快就没有吃的了。凯蒂在这里待了几天之后，就想回第五大道去找原来的主人了。可是它去到那里的时候发现门是关着的。它在门口等了一天，遇到了一个穿蓝色大衣的人，那人不停地撵它。于是凯蒂就又回到了拥挤的贫民窟。

九月和十月过去了，许多猫都死于饥饿，有的是太过虚弱而没法在敌人袭击的时候逃走，但是年轻而又强壮的凯蒂还活着。

这里发生了很大的变化，它是在一个安静的夜晚第一次看到他们的：那里面整天都有好多忙着工作的人类。一座非常高的大楼将于十月份竣工。受饥饿的驱使，凯蒂溜到了一个桶前面，这是一个黑人放在门口的桶。可惜的是，桶里没有垃圾。这个桶是洗衣桶，这东西之前在这个区里从来没出现过。凯蒂很失望，但是它在桶上感觉到了熟悉的味道。当它还在研究那个桶的时候，那个黑人又出来了，哦，原来是萨米，他现在是一位电梯服务员。尽管他穿着蓝

色的工作服，但是他给凯蒂留下了不错的印象。小猫就回到街对面去了，萨米盯着小猫看了很久。

"那只猫看起来好像是皇家阿纳罗斯丹啊，它怎么回来了？过来！小猫！我想你一定是饿了！"

凯蒂已经好几个月都没吃一顿饱饭了。萨米走进屋子里，出来的时候带上了自己的午饭。

"嘿，小猫！"这个人看起来是好人，但凯蒂还是有点怀疑。他把肉放在地上，然后就回到屋子里去了。凯蒂小心地靠过来，闻了闻肉，然后抓住肉，掉头就跑，找了个安全的地方吃起来。

八　流浪的皇后

这只是一开始，现在每当饿了的时候，小猫就会到这栋楼的门口来，然后萨米就会给它吃的，它也就越来越喜欢萨米了。它从来没理解过人类，但这个黑人看起来非常友好，现在他是它唯一的好朋友。

事实证明，萨米也没那么坏。每周凯蒂都会吃到好吃的。连续七天都吃到了好东西，而且有一天，它还找到了一只刚死的大老鼠，它这辈子就没杀死过一只成年的老鼠，于是它立刻抓起大老鼠，把它藏了起来，以备不时之需。它在过道的时候，看到了一个老敌

贫民窟里的猫

人——那条大狗。凯蒂急忙退了回去，回到了它朋友的门口。就在那时，门开了，萨米和一位穿着良好的绅士出来了。两人都看到了小猫和它嘴里的大老鼠。

"哟，你看那只猫！"

"是呀，"萨米说，"那是我的猫，它是老鼠的天敌，差不多把这边的老鼠都给赶尽杀绝了。你看，它那么瘦。"

"嗯，别让它饿着了，"衣着讲究的绅士说道，"你不能喂它吗？"

"那个卖肉的人经常来，一周只要25美分。"萨米说，他认为只要这件事成了，他每周就能多拿到15美分，因为那个卖肉的人其实只要10美分。

"好的，我来付钱。"绅士说。

"卖肉啦！卖肉啦！"巷子里又响起了卖肉人的声音。他推着车沿着巷子走。一大堆猫又跟了过来，想要讨肉吃。

有黑猫、白猫、黄猫、花猫，这些猫都要记住，当然了，它们的主人也要记住，因为建起了新的大楼，所以有很多新的客户。

"别挡道，你们这些饭桶。"卖肉的人说，一边挥手赶走跟上来的猫，其实，他是给那只长着蓝色眼睛、白色鼻子的灰猫开路，那就是凯蒂，它拿到了一大块肉，因为萨米把肉钱分了一部分给卖肉的男人。凯蒂每天都会在大楼里溜达，假装捉老鼠。这是它的第四个家了，它过得特别快乐，是从未梦想过的好生活。一开始什么都不顺心，但是现在什么都好了，有可能是长途跋涉之后让它大长见识，它知道自己想要什么，而且它现在拥有了。还有一件值得庆幸的事，那就是它终于梦想成真，抓到麻雀了，而且还是一次抓住了两只。

自从萨米给凯蒂付了肉钱后，凯蒂就再也没抓过老鼠，萨米会时不时地提供一只死老鼠，来给主人做个样子，表明凯蒂正在好好地干活。死老鼠就放在大厅里，一直到主人来了，萨米就假装抱歉地把老鼠给打扫了，他说："啊，啊，不好意思，我们家的猫只喜欢抓老鼠，却不知道怎么处理老鼠。"主人听后，点头赞许，萨米就知道自己又可以获利了。

凯蒂之后又生了几个孩子，萨米估计那只黄猫就是孩子们的父亲。他的猜测是对的，此后萨米又把凯蒂卖过好几次，但是他清楚地知道，过两天这只猫肯定又会回来。萨米就这样攒了不少钱，凯蒂也学会了忍受电梯带来的痛苦。它现在还会自己乘坐电梯了。有一次凯蒂还在顶楼的时候，卖肉人就来了，凯蒂就自己跑进电梯，摁了下去的按钮，顺利地到了楼下。

贫民窟里的猫

凯蒂现在又漂亮又优雅，它不仅仅是这片区域里四百多只猫的其中一员，也是猫中的明星。卖肉人对它特别好，就连那个典当商的妻子的猫——那只天天吃肉的猫的地位都没有凯蒂的地位高。尽管凯蒂有名声，有皇家名字，还在那次品评会上获得了最高荣誉。但最让它觉得快乐的就是它的生活。它从富人家逃了出来，在贫民窟过上了它想要的生活。即使岁月流转，凯蒂还是会保持以前的生活方式，永远当一只贫民窟里的猫。

贫民窟里的猫

小狼铁托

一　铁托的出生

一滴小小的水珠可能改变雷电的方向，一根细细的头发可能毁掉一个国家，就像一张蜘蛛网曾经改变过苏格兰的历史一样，要是当时没有那颗小小的鹅卵石，铁托的故事也许就不会发生，也不会如此精彩了。

那颗鹅卵石曾经静静地躺在南达科他州一片荒地上的一个小坑里。然而，在一个又闷热又漆黑的夜晚，一个喝醉了的牛仔骑着马经过这里，马蹄一下子磕在了那颗鹅卵石上，害得马差点没有站住。骑马的人和往常一样下马查看究竟发生了什么，到底是什么东西绊到了他的马。他把手里的缰绳绕到了马的脖子上。

谁知，就在这时候，这匹马抓住了这个千载难逢的好机会，立刻跑掉了，很快便消失在茫茫的黑暗中。牛仔实在没有办法，只能转身往回走。但是他醉醺醺的，还有点累，就迷迷糊糊地躺在树丛后面的洞里酣睡起来。

初夏的早晨，一缕缕金色的阳光撒在附近一座座小山顶上，一只年老的郊狼正沿着加纳的小溪，一路小跑着赶回家，它的嘴里还叼着一只野兔，那一定是它们一家的早餐。

郊狼和比灵斯县的牧羊人经常发生激烈的争斗。他们只要一遇上，就会有你追我赶的场景，这种生活已经持续很长时间了。人们使用陷阱、枪支、毒药等来猎杀郊狼，导致野外郊狼的数量大大地减少了，现在野外几乎很少能看见它们的身影了。

而有幸活下来的郊狼则过着颠沛流离的生活，它们每时每刻都提心吊胆地避免和人类相遇，或是陷入人类的圈套。那些聪明的人类的力量是无限的，人类生性贪婪，肆意破坏自然而不知收敛，使得郊狼的数量越来越少了。

一天，赶着回家的郊狼妈妈突然看见前面有个人。当郊狼发现

小狼铁托

有人在附近的时候，它很快就会选择放弃那条路，因为人类对它们从来都不友好。它从一个斜坡滑下去，来到低矮的山梁，然后穿过一片灌木丛，小心翼翼地跨过人类在地上留下的脚印，再穿过旁边的小山丘。

这个山丘向阳的那一面就是它的家，它带着食物就是要回去喂养家里的一窝小狼崽。它在家附近仔细地绕了一圈，先看看，再闻闻，都没有发现任何异常，也没有什么危险，然后才径直来到家门口，轻轻叫了一声。小窝外面是一片灌木丛，从窝里跑出来几只可爱的小郊狼，一个个都非常兴奋，愉快地在地上打着滚，在妈妈面前尽情地撒着娇。它们像小狗一样嗷嗷地叫着，不时地发出只有幼崽才有的、可爱的咆哮声。它们正享用妈妈带回来的美味大餐，小嘴撕咬着野兔的皮肉。几个小家伙常常会扭打在一起，而它们的妈妈则开心地看着它们，仿佛在享受着天伦之乐。

随着太阳的冉冉升起，这个名叫杰克的牛仔慢慢地醒了过来，刚好瞥见郊狼经过山坡。就在郊狼马上要离开他视线的时候，他赶紧爬起来，悄悄地跟着郊狼来到了它的家门口，刚好看见了这有趣的一幕。郊狼一家正在享受自己的早餐，它们此时一点也没有意识到危险，没有意识到有个人就在距离它们只有几米的地方。

郊狼妈妈和小狼崽很享受这一刻的欢乐，但是对于杰克来说，唯一吸引他的只是城里有人出钱要这些郊狼的命。他拿出自己那把

大块头的海军左轮手枪，虽然他的手有一点点颤抖，但他还是打中了狼妈妈。它那时候正在慈祥地看着自己的小宝宝吃早餐，然后就被杰克射中了头部，丢掉了性命。

这几只小狼崽被吓坏了，急急忙忙地逃入洞中，所以杰克没有射中其他狼崽。他走过去用许多石头把洞口堵了起来，留下几个可怜的小家伙在山洞的深处恐惧地颤抖着。杰克步行去了最近的牧场，在那里挑选了一匹他最喜欢的马。

下午的时候，杰克叫上一位牧场老板，骑着马，带着挖掘的工具又回来了。那些小家伙一整天都挤在漆黑的洞里，现在似乎还纳闷为什么妈妈还不来给它们喂饭。可怜的小家伙们在黑暗里连发生了什么事情都还没有想明白。很快，洞口传来一些声音，然后有一些光线漏了进来。有个粗心的小家伙还以为是妈妈回来了，赶快跑过去迎接——它不知道妈妈早已经不在那里了。外面只有两个像野兽般贪婪的人类正在捣毁它们的家。

经过一个多小时的挖掘，这两个挖洞的人终于打通了狼窝，他们看到里面全是可爱的、眼睛亮晶晶的小郊狼。它们簇拥在一起，蜷缩在离人最远的一个角落里。它们天真而又无辜的小脸在这两个大坏蛋看来一点都不重要，它们一个个全都被这两个人抓了起来，扔进麻袋里，重重地摔到了地板上。小狼又怕又痛，浑身恐惧地颤抖着，简直站都站不稳了。它们会被带到一个地方去，换取奖金。

虽然它们刚刚来到这个世界还没有几天，但是它们都已形成各自独特的性格。在它们被拖出来杀死的时候，有的小狼发出刺耳的尖叫声，有的则发出低沉的吼声，还有一两只试着去攻击捕捉它们的人类，反应慢的，最后一个闪躲，就被放在了狼堆最上面，第一个面临被杀死；而最先意识到危险的，则聪明地趴在最下面。

那只最聪明的小郊狼被放到了最下面。这些天真可爱的小狼被两个凶残的家伙一只接一只冷酷无情地杀害了，最后就只剩下那只聪明的小家伙了，它也将是这个郊狼家庭里唯一的幸存者。

轮到杀它的时候，它只是静静地躺在那里。就算当杰克捏着它的后颈提起它的时候，它也没有一丝反抗动作，只是一动不动。它的眼睛半睁半闭着，本能告诉它，这种时候最好的方法就是装死。被人提起的时候，它既不吭声，也不反抗，身体软软的，没有一点精神。

站在牧场老板旁边的杰克阴差阳错地决定了这只小郊狼的命运，他对老板说道："看它那半死不活的样子，就把它留给孩子们玩去吧。"

于是，最后这个小家伙就跟它死去的兄弟姐妹们一起被扔进了一个袋子里，它只是受了点轻伤。看着死去的兄弟姐妹们，它害怕极了，躺在那里一动不动，慢慢地就什么也不知道了。

恍惚中它感觉经过了很长时间，它听到外面有很吵闹的声音，而且还伴随着巨大的颠簸，随后它又被捉住脖子，被硬生生地往外拽了出来，弄得它差点就窒息了。这里有很多人，他们都和挖洞的

小狼铁托

人一样，冷酷无情又狰狞可怕。

　　这些人都是烟囱牧场的居民，他们的制服上都有作为标志的宽箭头。他们中间有一些孩子，这只小郊狼就是带给孩子们的一个礼物。这些小郊狼可以让杰克赚很多钱，老板本可以现在就给他奖金

的。但是老板现在的注意力被孩子们带走了，正在回答他们的问题。

　　"这是什么？"

　　旁边的墨西哥牛仔伸出一只手，摸了摸孩子们的头回答道："这是一只郊狼啊，一只小郊狼。"他们给这只唯一幸存的小郊狼起名"铁托"，于是，铁托就成了这只被俘虏的小狼崽的名字。

二 受尽人间磨难

铁托个头很小，浑身上下毛茸茸的，模样很像一条温驯的小狗，它的头长得很宽。

现在可以看出铁托是一只母狼，我们可以开始讲它的故事了。作为孩子们的宠物，它觉得一点都不好玩。因为以往惨痛的遭遇，它根本不相信人类，总是离人类远远的。它仅仅在肚子饿的时候才会凑过来，其他时候，即便孩子们对它再友好，它也根本不理会；即便孩子们叫它，它也从来没有离开过它的家——一个盒子。

出现这种情况很有可能是因为粗鲁的大人们，当孩子们想看看铁托的时候，那些粗鲁的大人总是毫不犹豫地一下子就把它拽出来，丝毫不顾及它的感受，弄得它很疼。就这样，孩子们的善良被那些粗鲁而凶残的大人掩盖了。

在这种情况下，铁托总是静静地躺在那里装死，它好像知道这时候可以做的事就是躺下装死。但是只要它一被放开，它就会再一次跑回它的盒子。只有在那里，它才感到安全和自在。

它会跑到盒子一个漆黑的角落里躲起来，然后苦恼而又惊恐地往外看着，要是你刚好在某个角落，那你一定可以发现它的眼睛是绿色的。

在这群孩子中，有一个13岁的小男孩名叫林肯，他是附近一个

牧场的工人。其实他本来跟他的父亲一样，善良、强壮而且很爱思考，但是到了他这个年龄，无知的冲动使得他毫无顾忌，没有人能预料并且阻止他变成一个无耻的小恶魔。

就像那个地区其他的孩子一样，林肯会套绳索，这样做才能让他看起来像一个真正的牛仔。站岗对于他来说是一件很没有意思的事，他的弟弟妹妹们都被父母特别地保护着。而附近的小狗早已经怕了他，不管什么时候，只要远远地看见他手里拿着绳索走过来，就恨不得能躲多远就躲多远。

这一次林肯决定要训练这只不幸的小郊狼，拿它来练习套绳索的技艺。小郊狼铁托很快就知道自己的角色了，要想重获自由就只有躲到窝里去，如果在外面，它可以躺在地上来躲避套过来的绳索。林肯在无意间让铁托知道了绳索是危险的，是会限制自由的。这对铁托来说，也是因祸得福。

当铁托在想办法学习不让绳索套上自己的时候，林肯只好换了一种恶作剧。他学杰克布置狼夹子的样子，在铁托的窝附近设置陷阱，而且还在那些陷阱周围放了许多碎肉。

一会儿，铁托就被肉的香味吸引过来了，它的肚子饿得咕咕叫，在食物的引诱下朝着碎肉走去，眼看就要掉到林肯做的陷阱里。这时藏在附近的林肯偷偷看着眼前发生的一切。眼看着铁托踩向了陷阱，他忍不住发出印第安人才会有的野蛮的欢呼声。

铁托确实踩到了陷阱，还掉了进去。林肯兴高采烈地冲出来，把铁托从陷阱里拖了出来，他非常兴奋地试图将绳索套在铁托身上。经过一阵激烈的挣扎之后，铁托束手就擒，只好任他摆布。林肯终于把绳索套了铁托的身上，在弟弟的帮助下，他成功地在大人发现陷阱之前把铁托弄了出去。

有过一两次这种经历后，铁托慢慢意识到陷阱对它来说是多么可怕，有时甚至是致命的威胁。它很快就熟悉了那些钢铁的味道，因为林肯就是用这些材料做陷阱的。

铁托变得越来越聪明，每次总能发现陷阱，不管聪明的林肯把陷阱藏得多隐蔽，或是依他弟弟想出的鬼主意，把陷阱隐藏在铁托的窝的门口，甚至在上面挂上自己的外套也无济于事，铁托总是可以巧妙地避开陷阱。

一天，捆住它的链子松掉了，铁托有点犹豫，不确定是否要离开，链子在它身后拖着。但是有一个人发现了它，并且用打鸟的枪向它射击。它先是惊讶，然后就闻到身体上有燃烧的气味，还感觉到了刺痛。

它立刻躲回到唯一的避难所里，就是它的窝，捆着铁托的链子又被拴上了。这次铁托又学到了一些东西：枪是很厉害的武器；而火药的味道很不好；躲开子弹最好的方法就是原地卧倒。

就这样，铁托在这里学到了很多在野外生存需要掌握的本领。

在这个大牧场，对狼下毒是个日常话题，所以林肯会私自拿铁托做实验一点也不奇怪。致命的马钱子碱，谨慎一点，放的量少一些，是可以用在动物身上做实验的。因此，林肯将一些没有加工过的马钱子碱塞在一片老鼠肉里，把肉扔给铁托后，就坐在它旁边偷偷地观察。他此时异常兴奋，根本不顾铁托的死活，就像那些化学教授一样在热切地期待看到自己新实验的结果。

铁托嗅嗅那片肉，闻遍了老鼠肉的每一个地方。它始终觉得味道有一点奇怪，因为里面有它熟悉而且讨厌的人类的味道，还有一种奇怪的陌生的新味道，它觉得没有什么危险，便上去咬了一口。

几分钟过后，它的胃开始疼得要命，紧接着开始全身抽搐。狼有一种本能，那就是如果吃下去的东西让它们感觉不舒服的话，就会想办法让自己呕吐，把不舒服的东西吐出来。铁托吐了一两分钟后，便去寻找救治自己的方法了，它走到一种植物面前，仔细地闻了闻，确定后，它快速地吃掉了几片叶子。开始的几分钟里它还是很难受，一会儿之后它觉得好多了，情绪有所缓和了。过了不到一小时，它的身体就完全康复了。

林肯下的药量很重，足够毒死 12 只郊狼。要是他当时少放一些的话，铁托也许就不会反应那么强烈，甚至在它中毒身亡之前都不会发现到底是什么原因。但是最终，它的身体彻底恢复了，脱险后的铁托永远也不会忘记那种特别的味道，那种味道意味着恐怖的剧痛，甚至意味着它有生命危险。

更重要的是它已经下定决心，准备立刻逃到野外去了，那里到处都是可以治病的草药。这种用草药治病的本能它虽然只用过一次，但之后它就能熟练地使用了。

那次以后，它就知道了痛的感觉，那是它第一次感觉到剧痛。事实上，之后那个小恶棍又成功地诱骗它吃了另一口有毒的东西，但是它已经知道该怎么做了，而且几乎没有感觉到疼痛。

一天，林肯的一个亲戚送给他一只雄性小猎狗。它的到来给男孩们带来了新的乐趣，却给铁托增加了新的痛苦。它在遇到危险的时候总是对自己说，一定要卧倒。猎狗跑过来的时候，铁托已经静静地躺在那里了。为了不引起猎狗的注意，它甚至躲了起来。家里的大人们阻止了猎狗，猎狗就停在距离铁托的窝几米的地方。

要是你认为铁托的生活总是充满痛苦的话，那你就错了。它学会了撕咬，它曾经还抓到过好几只小鸡，那是在它假装睡觉的时候，有小鸡冒险来到它的旁边吃饲料。

此外，铁托还爱唱歌，每天早晚都会唱一唱，就像是在唱赞美诗一样，也因此挨过不少打。它很聪明，不但会唱，而且知道什么时候该闭嘴。当它开始唱的时候，如果听到门或者窗户发出响动，它就会立刻停止歌唱。因为这些声音通常是附近的人想要射击小鸟才发出来的，随后你就可以听到"砰"的声音，虽然这声音对于铁

小狼铁托

093

托来说并不意味着危险，但是它觉得最好还是躲起来。这些事情更加深了它对枪的恐惧，或者说加深了对持枪的人类的恐惧。没人知道它为什么唱歌，以及它唱出的歌声流露着怎样的感情。

铁托通常会选择在黎明前或者黄昏后唱歌，有时候月亮高高挂在空中也会激发它唱歌的热情，那声音像在孤单的狂风中的狗发出的短促叫声，而且总会引起周围所有狗的此起彼伏的喧闹的回应，有时甚至还会有野外山上的郊狼发出的回应。

铁托喜欢搞一些小小的恶作剧，并且很擅长，那完全是它一生下来就已经具备了的一种遗传的习惯——藏宝贝。它的窝边藏有一些骨头，它的链子可以到达的地方也藏着一两根骨头，上面有很难啃下来的肉屑，它准备等饥饿的时候再吃，当然它从没挨过饿。

如果有谁靠近它的宝贝，它会很紧张地一直盯着，直到别人离开。如果有哪个好事者知道了它藏宝贝的地方，它就会尽快找机会将宝贝转移到其他更隐蔽的地方。

过了一年这样的生活以后，铁托渐渐地长大了，它学到了很多东西，那些也许是其他郊狼在野外要付出生命的代价才能学到的知识。它认识了那些恐怖的陷阱，它学会了辨别和放弃有毒的食物，万一不小心中毒的话，它还知道怎么救自己。

它认识了枪，它知道什么时候该停止唱歌，它对狗也有了一些了解，那足以让它非常讨厌和怀疑。总的来说，它得到一个结论：

不管什么危险靠近，最好的对策就是马上卧倒，而且要保持绝对安静，千万不能引起敌人的注意。也许这个小小的脑袋里还装着其他的关于人类的知识，但是只通过它那闪闪的黄色眼睛，我们是看不出来的。

当这里的牧场老板带回一对纯种灰狗的时候，铁托已经成年了。那对灰狗跑得很快，牧场老板想借助灰狗来彻底根除这一地区的郊狼，此前这对灰狗已经在山上帮忙抓到来偷猎的郊狼了。人们都觉得让狗去追逐猎物是一项很有趣的运动。老板讨厌看见铁托，所以打算用它来训练这对灰狗。他粗暴地把铁托扔进一个袋子里，然后扛到差不多四百米外的地方倒出来。同时放开那对灰狗追赶铁托。

灰狗们追出去，一开始，它们用极快的速度包围了铁托，铁托被这两个家伙吓到了，也被自己莫名其妙获得的自由感到有些不知

所措，然而它很快适应了这种自由，并且开始保持很快的速度奔跑。它的速度在跑出去才 400 米的时候就减慢了，而灰狗们却像是在飞一样，还有 100 米就追上了，不一会儿，只剩 50 米了。很明显，铁托没有机会逃脱了。

灰狗们距离铁托越来越近了。毫无疑问，再过一分钟，它就要被抓住了。这时候却发生了让大家意想不到的事，铁托突然停住了，然后转过身来，它冷静地摇着尾巴，友好地向灰狗们走去。灰狗是一种非常奇怪的动物，要是猎物逃跑，它们会坚持不懈地去追赶、捕捉并咬死它们。但是如果对方冷静地面对着自己，灰狗就会立刻丧失斗志。灰狗们定了定神，从铁托旁边跳了过去，然后不知所措地回去了。也许铁托站在那里摇尾巴的时候，灰狗们意识到了这只郊狼就是院子里的那只，这让牧场老板也有些不知所措。最后它们全都被带回去了，这次试验宣告失败，小铁托是真正勇敢的胜利者。

灰狗们不会伤害朝它们摇着尾巴而且没有逃跑的动物，加上牧场老板害怕铁托可能跑到很远的地方，抓不到它，所以又给它套上铁链子，把它关了起来。

第二天，人们决定再试一次。但是这次，他们不止带去了两只灰狗，还加上了一只白色的杂种狗一起来追捕铁托。铁托还是像昨天一样被松开铁链，而灰狗们这次拒绝以任何形式攻击温柔而友好的铁托，但那只跑在后面追上来的白色杂种狗不这样想。三分钟以后，它气喘吁吁地追了上来。

小白狗的个头并不高，却比铁托更重，它以让人吃惊的速度迅速抓住了铁托，狠狠地咬住了铁托的脖子，直到它奄奄一息、无力反抗地躺倒在地上。所有人看起来都很高兴，祝贺那只取得胜利的小狗，而灰狗们则有点困惑，还没搞明白到底发生了什么事，它们不安地退到了一边。

这群人里面有一个陌生人，他是个新来的英国人。他问旁边的人是否可以给他一把匕首，大家不明白他想做什么，他立刻解释说他想要铁托的尾巴。他一把抓住铁托的尾巴，把它提了起来，然后拿出一把有着奇怪印章的匕首把铁托的尾巴从中间直接砍断了。可怜的铁托被扔到地上，痛苦地呻吟着，因为疼痛而不住地颤抖着，它躺在地上，但它还没死，它只是在装死，突然，它猛地一下子爬了起来，冲进了旁边的仙人掌和鼠尾草丛，就此消失了。

灰狗最擅长奔跑和追逐动物。然而正当这两只长腿的灰狗和那只白色的杂种狗都去追铁托的时候，它们的右边突然跳出一只身上有棕色条纹、全身雪白的小家伙。小家伙刚一出现就迅速消失了，从外形上判断应该是一只棉尾兔。这个时候，早就连铁托的影子也看不见了。那些狗看见了兔子就都掉转方向，跑去追棉尾兔，兔子巧妙地躲到草原野狗的地洞里去了。它们根本抓不到，这时候铁托早已经逃得无影无踪。

小狼铁托

　　郊狼铁托被那只小白狗弄伤了，加上尾巴刚刚被砍断，它全身都疼痛难忍。值得庆幸的是，它现在终于逃出来了，它重新获得了自由，可以踏着轻快的步子从一个洞跑到另一个洞，完全避开人类和猎狗的视线。就这样，它逃脱了那个带给它痛苦、耻辱的如噩梦般的地方，离开了那个奇怪的小山丘，最后在密苏里河附近的地区开始了它的新生活。

　　圣经里曾经提到过一个领导人摩西，小时候是由埃及人养育的，直到他长大了可以独自勇敢地面对外面那些危险的时候才离开，同时他从埃及人那里学会了怎样解救自己的臣民。铁托其实和摩西是一样的，这只断尾的郊狼在年幼时期不仅被人类养育，而且还在那里度过了它幼年的成长时期，几经锻炼和磨难。它还不经意地从人那里学到了怎样避开陷阱、毒药、绳索、猎枪和猎狗，与此同时，它的种族却一直面临着被消灭的危险，它们一直在艰难地为生存而战斗。

三　逃离魔窟

　　铁托逃离了人类的生活区，第一次自己面对生活中的一切问题。现在为了生存，它有许多问题需要自己处理，它要想在野外生存，就必须知道野生动物的智慧的三个源头：

　　第一，祖辈的经验。那是一种与生俱来的本能，而且这种本能会随着年龄慢慢变大而不断得到锻炼，从而越来越能应对生活中的种种状况。

　　第二，从它们的父母和伙伴那里得来的经验。这是要从无数的经历中逐渐摸爬滚打学来的。这种经验从它们刚刚出生学会走路后就变得重要起来。

　　第三，它们自己在日常生活中得到的一些经验。这是随着年龄的增长一点点累积的。

　　三种经验自身也有一定的缺点。第一点的不足在于缺乏灵活性，这便意味着没办法适应快速变化的现实情况。第二点的缺点是它们不能像人一样用语言来交换经验。第三点的缺点是经验的获得需要冒风险。但三者合一却能成为郊狼们生存的强有力的支撑。

　　现在，铁托遇到了新情况。说到具备生存的经验，也许没有哪只郊狼的经历比它更多了，它不用经历生命危险就学到了许多有用的生存常识，而且不是从父母和伙伴那里学来的，是本能指引着它

小狼铁托

这么做。它以很快的速度逃离了那个牧场，一直躲藏着避免被发现，只有一次跑得实在太累了，它才停下来舔舔那条被砍断的尾巴。

最终，它来到一个有很多土拨鼠聚居的草原。看到有入侵者，土拨鼠们全都冲出来跃跃欲试地准备攻击它，等到它走近了却又全都躲了起来。它本能地想要去抓一只填饱肚子，但追了一会儿却发现是白费力气，只好放弃了。

那一夜它感觉非常饥饿，最后它发现有两只老鼠在河边高高的草丛里出没。虽然它的妈妈还没有来得及教它捕猎的本领就被杀死了，但是本能还在，它的经验，再加上那颗绝顶聪明的脑袋，让它很快就得到了想要的食物。

接下来的那些天，铁托很快学会了如何谋生，它吃老鼠、地松鼠、草原土拨鼠、兔子和蜥蜴。有这么多种食物可以猎捕，它是饿不着了。它已经学会了捕食。在追捕猎物之前，它总是尽可能地先观察一下周围，检查一下有没有敌人才开始行动。到了夜晚，随着月亮渐渐升起，郊狼也逐渐有了自己的娱乐方式，那就是在月亮高高挂在夜空的时候，它会以独有的方式唱起狼族的歌。

有一两次，铁托看见人类带着灰狗朝它这个方向走来。也许大多数郊狼在遇到这种情况的时候都会发出像狗一样的叫声来虚张声势，或者是跑到很高的山上，以便观察敌人的动向，但是铁托从来不这样做，这样做在它看来太愚蠢了。如果它在这时候行动的话，就会引起灰狗的注意，也就逃不掉了。

它通常都选择待在原地，静静地趴在地上，直到危险过去。它在牧场生活的时候，那些就地卧倒的训练对它现在逃脱险境很有帮助。本来只是因为害怕，现在却成了它躲避风险的拿手好戏。郊狼以奔跑速度快著称，它们的腿强壮而有力，很少有动物能跑得比它们快。

要是有什么动物想追它们的话，往往是郊狼带着它们跑，逗着它们玩。但是，如果对手是灰狗，不是迫不得已的话，它们一般是不会跟灰狗赛跑的。而铁托是被铁链子拴着长大的，它跑得不是太快。它要生存下去不能依赖它的腿，只能依靠它的智慧。

整个夏天，铁托都待在小密苏里河一带，它在那里学习捕猎的各种技巧，它必须在乳牙脱落之前学会捕猎，而且要变得更加强壮，跑得更快。它始终保持着警惕，远离所有的牧场，有人或者有奇怪的野兽经过的时候，它总是先藏起来静静地等到他们离开。

它就这样独自度过了夏天。白天的时候它并不感到孤单，可以进行捕猎和练习；但是当太阳下山之后，它觉得有些孤单了，有一种想要唱歌的冲动，那种歌声对于郊狼来说有着特别的意义。

虽然那种歌声不是哪只狼所特有的，也不是只有某一只狼才会唱出那样的歌声。随着年龄和心情的不同，它们唱出的歌声都有所不同。用歌声表达自己是它们的一种天性，当一只狼开始唱起歌来

小狼铁托

的时候，其他的狼也会跟着唱起来，有点像士兵擂战鼓，或者印度勇士唱战歌。它们彼此之间会相互回应，就像是一个钟形的玻璃罩，如果你敲击这边的话，那边也会有响声。不管郊狼是在什么样的情况下长大的，它们都会回应自己所听到的歌唱声，因为那是它们的天性，是本能。

日落之后，它们开始唱歌，也许是一种战斗的口号，或者只是对小伙伴们发出的一种友好的召唤，就像是在树林里的一个男孩对他的伙伴们大喊道："这里很好！我在这里！你们在哪里啊？"有的时候它们会选择在月亮下唱歌，这就是要开始捕猎的信号。当它们看见一堆新燃起的篝火或者听到狗叫的时候也会唱起来。

当它们即将静静地离开营地的时候会发出另一种奇怪的声音，那是一种野性的、奇怪得像哭一样的声音，"嗷呜——"，这种声音不断地重复。而且每一只郊狼发出的声音都不同，这种不同只有它们自己才分辨得出来。

出于本能，铁托会适时唱起这首歌，它曾经的痛苦经历让它的歌声始终短促低沉。有一两次，它听到了远处其他郊狼传来的回应，它非常害怕，快速地离开原地，消失在树林中。

有一天，在加纳湾，它发现一处被拖过的痕迹，那里有一种很特别的有吸引力的味道，它出于好奇就跟了上去。最终，它只看到一块肉在那里。它很饿。这段时间，不知是什么原因，它总是感觉

很饿。

那块肉对于它来说，是一种巨大的诱惑，尽管肉上还伴有一种特别的气味，但它还是忍不住吃了下去。几分钟后，它就感到肚子开始剧烈疼痛。于是它想起了林肯给它吃的有毒的肉。它浑身发抖，嘴角开始吐白沫，它挣扎着吃了几片草药的叶子，把吃下去的有毒的那块肉也吐了出来，但它还是倒在地上不停地抽搐。

原来这块肉是杰克前一天放在这里的，是他故意设置的一个圈套。这天早上，他骑着马来观察他下毒的地方有没有收获，在刚翻过山坡的时候就远远地看见有一只郊狼在前面不停地挣扎。

他知道，那只郊狼绝对是中毒了，所以他骑着马迅速地赶过去。但是当他走近的时候，铁托已经停止了抽搐。在听到马蹄声后，铁托用尽力气站了起来，试图逃跑。

杰克掏出左轮手枪，扣动扳机，却没有打到铁托，只是把它吓到了。它尝试逃跑，可是它的后脚因为中毒已经有点麻痹了，它使劲地拖着后腿往前跑着。此刻，毒药全都吐出来了，它感觉好多了，头脑也清醒了不少。要不是杰克的左轮手枪吓得它想拼命逃命的话，它也许就会像以前一样选择静静地卧倒，不过那样的话，五分钟之内它就会死掉。

它拼命地挣扎，让后腿可以重新恢复力量跑起来。它的处境有点绝望，但是逆境给了它无比的动力。它好像突然有了无穷的力量，

就像是一种点燃激情的血液快速流遍全身，它以惊人的速度，拖着疲惫并且中毒的身体跑下山了。

那到底是神经产生的动力还是意志力呢？本来已经没有办法走动的腿在这种新力量的推动下，奔跑的速度突然成倍增加了，就像是有外力推着它加速一样。想必是突然而至的枪声吓到了铁托，但是也给它带来了刺激。

就这样，它不顾身体中毒产生的痛苦，快速地跑过一个又一个山丘，最后成功地逃脱了。

如果杰克那时选择慢慢过去的话，铁托很有可能就会卧倒等他离开，当然那样的话它并不会幸运地躲过一劫，而是死掉。但是杰克紧跟着，而且不断地在后面射击，直到铁托已经在两千米外，这时它的身体已经不疼了。

这样一来，从某种意义上来讲，还算是杰克救了它。是他逼着它逃跑，那是唯一一种让它中毒后快速治愈的方法。

这样铁托又学到了新的知识——闻起来奇怪的肉吃下去是会要命的。它也因此认识了马钱子碱这种毒药。它想，它是再也不会忘记这件事情了。

105

幸运的是，猎狗、陷阱和毒药没有一起出现，因为杰克怕他的狗也有可能会和郊狼一样去吃那块有毒的肉。那天就算只有一只狗去追铁托，铁托都死定了。

四　新的朋友

随着秋天的结束，天气变得越来越冷，铁托必须迁徙到更远的地方，才能继续生存。现在，它的生活习惯更像是一只普通的郊狼了，它更喜欢在太阳下山的时候放声高歌。

一天晚上，当它得到另外一只郊狼回应的时候，一时冲动的它又喊了回去。很快，在它面前出现了一只个头很大、黑色的郊狼。事实上是因为有一个牛仔一直不停地在追它，它才来到了这里。不过这对于铁托来说，倒是上天赐给它的一个宝贵的礼物。

黑色的郊狼小心地靠近铁托。铁托因为从人类那里逃出来后第一次看到同类，有点激动，它蜷缩着身体趴在地上等着对方过来。黑色的郊狼快速地走过来，用鼻子试了试风向，然后迎着风走到铁托面前，又继续往前走了一段，那样铁托就可以闻到它身上发出的气味了，接着它把尾巴抬起来，轻轻地摇了摇。

　　它先是向铁托表示"我没有恶意"，然后再向铁托示好。在这之后它才朝铁托靠了过去，而铁托立刻站起来，它尽可能地站得高一点，好让对方闻到自己身上的味道。然后铁托摇了摇断尾，这样它们就算是认识了。

　　它是一只个头巨大的郊狼，比铁托高出很多，它的双肩上都有黑色的斑点，认识它的牛仔都叫它萨德尔巴克。从那以后，它们俩就生活在一起了。不过它们之间并不是形影不离，白天总是相隔几千米，到了晚上它们其中一只可能会爬到高高的空地上大声地歌唱来呼唤伴侣，另一只会发出回应的声音，就像人一样交流。

　　萨德尔巴克具有身体上的优势，但是铁托比萨德尔巴克更聪明，因此铁托便成了头领。一个月后，第三只郊狼出现了，也成了它们中的一员，后来又有两只郊狼加入。这段时间，一切都很顺利。

　　断尾的铁托跟其他的郊狼相比，身体并没有太多优势，甚至还不如别的郊狼，但是它们当中没有谁比它更熟悉人类的伎俩。它们虽然不像人类一样能用语言交流，但是可以通过一些明显的动作和大量的例子来说明。

　　很快，铁托的捕猎方法被证明很成功，要是捕猎的时候它不在，它们的捕猎成功几率就小得多。博克斯埃尔德牧场有一个人拥有20只羊，这儿规定谁也不许养羊超过20只，因为这里是养牛的地方。这些羊被一只凶狠的柯利牧羊犬看守着。

在冬季的某一天，两只郊狼想要去抓这些羊，它们快速地冲了过去，却被柯利牧羊犬发现了，并在被咬伤之后跑了回来。几天以后，羊群在黄昏时分回来的时候，铁托带着小伙伴们出现在这个地方。它是怎么安排的没有人知道，但我们可以猜测是它教队员们怎么做，我甚至可以肯定是它带领它们来的。狼群开始藏在柳树下。萨德尔巴克大胆且直接地冲进羊群，立刻引起了羊群的一阵骚动。牧羊犬看见了，朝萨德尔巴克跳过去，萨德尔巴克全身的毛立刻竖起来，朝牧羊犬咆哮着，接着就看见那只牧羊犬朝自己冲过来。

现在就是接受考验的时候了。萨德尔巴克等牧羊犬离得足够近，就要抓到自己的时候马上扭头跑开，把它引到了很远的树林里；同时，其他郊狼由铁托带领着把羊群吓得四散跑开，然后就去追那些跑得远一些的羊。就这样，它们在雪地里杀死了好几只羊。

夜幕开始降临的时候，牧羊犬和它的主人费了很大的力气才把那些咩咩叫的幸存者找了回来，但是第二天早上，他们才发现有四只羊被咬死了。它们曾被追到很远的地方，狼群在那里享受了一顿丰盛的大餐。

牧羊人在那些剩下的尸体上撒了毒药，然后把它们留在雪地里，想靠这种方法杀掉这些郊狼。第二天晚上，狼群回来了。铁托闻了闻雪地里冰冻起来的羊肉，靠着灵敏的嗅觉和以往丰富的经验，它发现这些羊肉被下了毒，所以马上低嚎了一声，警告大家不要再吃了，

还在那些肉上面零零散散地撒了一泡尿，那样就不会有谁再去碰这些羊肉了。

不幸的是，有一只贪吃的郊狼跑得很快，在铁托发出警告之前它就已经吃了一块肉。当大家都回去的时候，它在半路上中毒身亡，倒在了雪地里。

这段时间，杰克到处听到别人说郊狼多起来的信息。因此，他在加纳湾一带制作了更多的陷阱，投放了更多的毒药，每隔一会儿，他就会带着猎狗到位于牧场东南方向的小密苏里河一带进行搜查。他不让猎狗靠近那些他自己预先设置了陷阱和投了毒的地方半步。

整个冬天，杰克的行踪都飘忽不定。当然也有收获。后来他终于杀死了两只大灰狼，据说那两只大灰狼是这片地区最后的两只了。他还杀死了几只郊狼，毫无疑问，那些郊狼是跟铁托一伙的，死掉的成员往往都是不够聪明，又不听从铁托指挥的。

那个冬天，猎人做的许多陷阱都被铁托做出的一系列记号彻底毁掉了。见过的人说，通常情况下，雪地里的陷阱都是被一只断了尾巴的母郊狼毁掉的。

这种事情太奇怪了，所以大家都在谈论。太阳下山之后，远处又传来了郊狼的一阵叫声，那声音就像在发起挑战似的在牧场的周围回荡。狗儿们听到这种声音后，通常都会发出吵闹的狗叫声来回应。

但是只有那只杂种狗会朝着声音传来的方向冲过去，因为只有它没被绳索套住，可以自由地追逐。但是就算它追出去往往也没有结果，最后只好灰溜溜地跑回来。

大约20分钟后，另一只郊狼又开始叫起来。那只小狗又会像以前一样冲出去。一分钟之后，从它兴奋的叫声中就可以知道它看见了郊狼，而且正在全速追逐着。

小狼铁托

　　它就这样疯狂地叫着，朝郊狼追过去，声音越来越远，最后再也听不见了。

　　第二天早上，人们在雪地里看到狗的尸体，才知道了前一天晚上发生的事。第一声狼叫是想要试探是不是所有的狗都没被拴住，当它们发现只有一只狗跑过来时，它们就制订了一个完美的计划。

　　五只郊狼分别躲起来，一只郊狼到前面去喊叫，直到把那只小狗骗出来追它为止，然后再把它带到预先设好的埋伏地点把它干掉。六只郊狼对付一只狗，它还有什么机会逃走呢？它们把这只狗撕成了碎片，而且还吃得干干净净。这只狗的葬身之地就是它之前折磨过铁托的地方。

　　第二天上午，一切迹象表明，这个计划是由一只断尾的小郊狼制订的，而且最终的实施非常成功。

　　这件事让牧场里的人很生气，林肯简直是生气到了极点，杰克却说道："这样看来，我猜那只断尾的郊狼回来的目的就是为了杀死那只杂种狗。"

五　铁托终于有了一个家

随着山上积雪的融化春天悄悄地来临了，这时正是郊狼们寻找伴侣的时候。萨德尔巴克和铁托几乎整个冬天都在一起，现在它们之间产生了一种新的感情。郊狼的世界没有法官来裁决谁对谁错，萨德尔巴克只是向潜在的对手稍微展示了一下自己的力量，就没有哪一只郊狼敢来竞争了。

它们要完全生活在一起也不需要什么仪式。它们已经相识几个月了，最终，在一天夜里，它们结合在了一起，成了精神和生活上的伴侣。郊狼不像人类那样有自己的名字，但是它们用咆哮和短促的嚎叫声来呼唤伴侣，就像人类喊"丈夫"或者"妻子"一样。它们就是这样从对方的音调和叫声长短来分辨对方是在呼唤谁。

现在，本来就不多的郊狼又开始分散开了，其他的郊狼也都开始成双结对。天气转暖之后，草原上的土拨鼠也出来了，郊狼们不需要联合作战就可以轻松地找到足够的食物。通常情况下，郊狼不会在自己的洞穴里或者固定的地方睡觉。

它们会选择整晚游荡，即便是在很冷的天气，天亮之后它们才会在太阳底下睡上几个小时。它们会选择一个安静而又隐蔽，同时又可以看见外面山坡的地方睡觉。但是在交配季节，这些生活习惯会有些不同，它们会开始筑巢。

随着天气渐渐地变暖，铁托和萨德尔巴克开始筑一个属于自己的巢穴，这样就算有个家了。它们找到一个温暖的小洞穴，里面住着一只年老的獾，但是被它们赶出去了。然后它们进一步修整洞穴，把空间扩大，加深。

它们找来大量的叶子和干草铺在洞里，那样就做好了一个舒适的家。它们选择做窝的地方通常比较干燥，而且是山上阳光明媚的地方，这里距离小密苏里河西面800米远。旁边30米远的地方是一片广阔的草地和白杨树林，一直延伸到河边。人们很喜欢来这里玩，都说这里很漂亮。可以肯定地说，人们经过这里的时候根本看不见郊狼所在的巢穴，这样它们在这里生活也算是比较安全。

铁托很认真地准备着，好迎接即将要承担的新角色。它安静地待在洞穴里，萨德尔巴克会给它带来食物，或者它自己也可以轻而易举地抓到猎物，有时候它会在这里藏一些食物。它对这个地区很熟悉，知道在哪里可以找到草原土拨鼠，它还可以轻松地找到老鼠和兔子。

离铁托家不远的地方就有一群土拨鼠，那是它断掉尾巴重获自由的时候找到的。如果它可以回忆起那天发生的事情，它一定会觉得自己那时候太傻了。现在它的捕猎方法成熟了很多，也高明了很多。

有一只草原土拨鼠有点特别，当铁托注意到它的时候，它还在家门口10米远的地方吃草。一只土拨鼠单独出门觅食很显然要比一群一起出去危险得多，这样会很容易被抓住，毕竟它只有一双眼睛，不容易发现危险。

所以铁托决定就去追这只土拨鼠，但是这里除了一些低矮的杂草之外，没有什么可以藏住身子的地方，铁托要怎样做才可以捉到这只土拨鼠呢？

这个不用担心，就和北极熊知道怎样在平滑的地面上慢慢接近海豹，印第安人知道怎样接近并射击梅花鹿是一样的。

小狼铁托

　　铁托知道该怎么做，虽然有一只猫头鹰飞过来对它发出警告，但是铁托还是打算执行自己的计划。草原土拨鼠一般情况下不站起来，视野就很差。

　　土拨鼠在吃草的时候眼睛几乎看不到周围任何东西，铁托很清楚这一点。

　　就这样，它一会儿爬行，一会儿躲藏，慢慢地来到了土拨鼠的旁边。它逆着风前进，这样土拨鼠就闻不到它身上的味道，相反，它自己却可以闻到土拨鼠的气味。只要看到土拨鼠捧着食物坐起来，铁托就站在那里不动，像雕像一样。

只有当土拨鼠又埋头吃起草来，铁托才慢慢地靠近；而当土拨鼠抬起头看看远处的同伴在说什么的时候就要立刻躲起来。

有一两次，土拨鼠的同伴好像已经发出了警告，但是这只落单的土拨鼠向四周看了看，什么也没有看见，就继续吃草。铁托很快地从 50 米之外逐渐接近到只有 10 米，然后只有 5 米，这时候它还是没有被发现。

当土拨鼠再次低头寻找食物的时候，铁托"嗖"的一下冲过去把土拨鼠抓住了，这时候土拨鼠才开始挣扎，又踢又叫，但是已经来不及了。

六　捕食遭遇危险

铁托在捕猎的时候有时也会不小心遇到危险。有一次，在它马上就要抓住一只小鹿的时候，小鹿的妈妈突然出现在它面前，小鹿妈妈在铁托的头上给了它重重一击，让它疼得死去活来，一整天都没办法捕猎。从此以后它再也不犯同样的错误了。

有一两次，它还遇到了响尾蛇，它不得不跳起来逃避毒蛇疯狂的攻击。还有几次，它被猎人的远程步枪射中了皮毛，幸好没打中

117

要害。而这些都不是它经历过的最大的危险，它最应该注意的危险是大灰狼。大灰狼当然比郊狼大得多，强壮得多，但是郊狼跑得更快一些。在空旷的地方，郊狼通常都可以逃脱大灰狼的追捕，但是万一被逼到一个角落里就逃不掉了。所以一般情况下，只要听到大灰狼的嚎叫声，郊狼都会以最快的速度逃到别的地方去。

铁托有一个习惯，这个习惯在郊狼或其他种类的狼身上有时候也会有，那就是它们会在嘴里叼着有趣却不能吃的东西往前走，而且连续行走几千米都不会放下来。有时候它会叼着一根水牛的角，或者一只鞋子一路小跑一两千米，它只会在有其他东西引起它注意的时候才把嘴里的东西放一放。

有些牛仔看见了这种现象就产生了一些怪异的想法，他们一般会认为郊狼是在练习，就像人们练习扛枪一样。郊狼和狗还有大灰狼有很多共同点，其中一点就是它们会在经过的路上留下一些自己的痕迹。

它们可能用石头、树桩或者水牛骨头来做到这一点。就拿郊狼来说，它们可以通过气味和脚印知道谁曾经从这里经过，会知道是谁留下的痕迹，它从哪里来，要到哪里去。这一地区到处都是动物们留下的痕迹。

一只郊狼没有事做的时候通常会叼着一块干骨头或者一些其他没用的东西，但是发现别的郊狼留下的痕迹后，它们就会过去检查一下，这样可以得到一些信息。

它们会先把骨头放下，观察完之后常常忘记把骨头带走，因此那根骨头最后就成了它们留下的痕迹，很快，这些地方就堆积了各种骨头。

这种特别的习惯有一次使得牧场的猎犬们面临了一场灾难，铁托却在这场战争中大获全胜。杰克放了一些有毒的诱饵在山的西边，铁托看见了这些诱饵，并且很快就知道那些是有毒的。所以它像平常一样根本没有理会，它接着往前走，然后看见了更多有毒的食物。它收集了三四块诱饵，带着它们越过密苏里河，到了牧场的房子附近。

它在安全距离外小心翼翼地绕了一圈。但是不知道什么原因，牧场里面的那群狗突然都叫了起来，铁托赶快把诱饵放下，转身就走。第二天，当这些狗被带出去练习的时候，它们发现了那些带有肉屑的骨头，大口大口地吃掉了。不到十分钟，这些吃了有毒碎肉的，价值400美元的灰狗们就陆续倒地身亡了。这件事之后，人们不得不制定出一条规则，那就是在这一地区不准再使用有毒的肉做诱饵进行捕猎，这对郊狼来说简直是天大的好事。

铁托很快就明白，要阻止人们的捕猎活动，不一定都要使用很特别的方法，但是不同的捕猎活动需要用不同的方法来应对。一些偏僻洞穴里的土拨鼠很容易被抓住，但是后来这样的洞穴里已经没有什么收获了，所以铁托决定离开这里到别处去。

小狼铁托

在一大片洞穴中，靠中间一点的那些土拨鼠要大一些，而且更肥，但是它们要聪明得多，铁托有好几次费了很大力气都没有抓到它们。

有一次，铁托慢慢地接近土拨鼠，当只有一步之遥的时候，前面突然出现一条响尾蛇，这种蛇有毒，铁托不能冒险，就放弃了这次捕食。响尾蛇不一定会跟它抢土拨鼠，但是蛇这时候很生气，它不愿意被打扰，而铁托天生就很怕蛇。没办法，只好放弃这次捕猎。

在开阔的地方捕杀聪明的土拨鼠是不明智的选择，因为它们太难捉了，但是铁托等到了一个不错的机会，然后制订了一个新的计划。

所有的郊狼通常都有一个习惯，那就是爬到高高的地方看着下面的路，不管谁路过这里，它们都会仔细地盯着。当有动物路过之后，郊狼们会下去检查它们留下的足迹。铁托除了这个习惯，还有一个更特别的习惯，那就是避免让对方看见自己。

一天，一辆四轮马车路过这里，要去南方。铁托蹲在旁边的草堆里仔细地看着，好像有什么东西从车上掉了下来。当马车慢慢离开，直到完全看不见以后，铁托才慢慢地溜出来，它首先闻闻地上的那些痕迹，那是它的习惯，然后看看从车上掉下来的到底是什么东西。那东西实际上是个苹果，但是铁托并不认识，它觉得那是个丑陋的、圆圆的、绿色的东西，就像个没有长刺的仙人球，而且闻起来味道怪怪的。

它嗅嗅那个苹果就没再管它了，正准备离开的时候，它发现那个东西在阳光的照射下显得很明亮，当它用爪子去碰苹果的时候，苹果很奇怪地滚了起来，因此它没多想就把苹果叼了起来，一路小跑着回去了，回到那片土拨鼠的聚居地。

这时候，一只草原鹰正像海盗一样掠过这片地区。只要一有鹰出现，这里的土拨鼠们就会大声地喊叫起来，还会一边叫一边摇动尾巴，然后全都藏到洞穴里去。它们全都躲起来以后，铁托就走到那一只又大又胖、让它垂涎已久的土拨鼠的洞穴旁边，然后把苹果放到洞穴门口的一对脚印里。

这个洞穴是火山喷发后形成的。铁托用鼻子闻着胖土拨鼠的味道，就连它的窝闻起来都比别的窝更香。然后铁托很快藏到一棵矮树后面去了，那地方比洞口的位置稍矮，大概有 20 米那么远，它静静地趴在那里。

几分钟过后，有些爱冒险的土拨鼠伸出头来向四周看一看，对其他的土拨鼠发出"一切正常"的信号。其他的土拨鼠一只接一只地都出来了，20 分钟后，这片地区又像原来一样热闹了，大家都出来觅食了。

最后一个出来的就是那只最肥的家伙，它总是很仔细地保护自己宝贵的生命。它小心翼翼地探着头往外面看了好几次，然后才爬上它的瞭望台。要说明的是，土拨鼠的洞穴就像一个漏斗一样直直地往地下伸展。

　　它们会在洞穴的顶部建造一个高高隆起的地方，看起来就像是一个瞭望塔，这样不管遇到什么紧急情况，只要它们可以沿着漏斗滑到洞里去，土层就能成为它们最好的保护伞。那只胖胖的土拨鼠来到外面之后，慢慢地离开洞穴。

　　这时候它看见门槛那边有个圆圆的东西，这个陌生的东西让它一开始有点害怕。再三检查之后，它发现那个东西其实一点也不危险，而且还很有趣。它好奇地看着这个苹果，闻一闻，还试图用牙齿咬了一口，但是苹果滚开了，因为它是圆的，而地面也很光滑。

　　胖土拨鼠又跟着苹果咬了一口，发现味道还不错，它很高兴。但是它每咬一口，苹果就会滚得更远，慢慢地，胖土拨鼠越走越远。看见所有的土拨鼠都已经出来了，所以那只胖胖的土拨鼠放下戒心，一点儿也没有犹豫就跟着那个滚动的苹果去了。

　　胖土拨鼠咬一口，苹果就往下滚一点，它就这样一直追着苹果。当然，苹果是往低处滚的，而且会一直滚到铁托藏身的那棵矮树那里。每次只能吃到一点点苹果，但这反而吊起了它的胃口，就这样，它越来越贪心。它一步步地跟着苹果，渐渐地远离了自己的洞穴，朝着铁托隐藏的那棵矮树走去了，它现在脑子里除了吃苹果的快乐以外什么也想不到了。

　　而铁托此时正蜷缩着自己的身体，静静地等待着，同时估计着土拨鼠和自己的距离，直到它渐渐地来到距离自己不到三步的地方，铁托突然跳起来，像一支离弦的箭，一下子抓住了土拨鼠。

现在我们也没办法确定铁托这次抓到土拨鼠是巧合还是精心设计，但是把苹果放在洞口这一行为在这次捕猎中起到了很重要的作用，这种巧合在聪明的郊狼身上只会发生一两次，而且只有聪明的郊狼才有这种幸运的机会。这种方法很有可能变成新的捕猎方法。

享受完一顿丰盛的大餐之后，铁托把没吃完的食物埋在了一个凉爽的地方，它不是要丢弃这些食物，而是藏起来打算下次再吃。等到它太累了不想再捕猎的时候，它储藏的这些食物就起到作用了。

事实上，这些藏起来的肉通常会变得很硬，但是铁托一点也不挑剔，它也没有细菌的概念，因此对它来说，这没有任何影响。

七　母亲的责任

悄悄地，春天来了。春风渐渐吹绿了这片荒地，各种野花野草都从地面上冒了出来，把大地点缀得非常美丽。大自然开始在这片地区孕育生命，就像在说："现在，让我们开始活动吧，让我们来为各种生命创造一个完美得像天堂一样的地方。"

然后大自然就创造了生机勃勃的森林。在这里，鸟儿开始翩翩

小狼铁托

起舞，一些冬眠的动物也都开始陆续爬出来参加春天的盛会，到处都充满了生命力。色彩斑斓的鲜花随着山林的起伏完全绽放，到处花团锦簇，随着山势蜿蜒起伏着；湖面上波光粼粼，潺潺的溪流歌唱着，闪耀着灵动的光芒。眼前的景色难以言表，每一处都不一样，每一处都有自己独特的美丽。

大自然好像把所有美好的东西都放到这里了。在这里，上面是晴空万里，白云朵朵；下面是色彩斑斓，生机勃勃。远处有一个郁郁葱葱的山丘，傍晚的时候可以看到美不胜收的夕阳和晚霞。这一切犹如仙境般美丽。

山丘西边的山谷完全被植物覆盖了。那些看起来饱经风霜的丝兰经过整个冬天，就像经历了一场战争一样，到春天的和平时期又开始重新恢复生机。这里到处开满了一种鲜花，科学家给它们起了一个好听的名字，那就是嘉兰。

嘉兰属于仙人掌的一种，虽然有毒，但是可以当药材使用，现在它的花朵正在绚烂地绽放，让世人为之惊叹。它的花儿虽然很小，却像贝壳突然张开后露出美丽的珍珠时一样惊艳。鼠尾草和黑肉叶刺茎藜给大地增添了一片金黄色，沙海葵像淡蓝色的天空一样为山地丘陵着色，跟天际连成一片。在这样的一片天地间，每一处地方都春意盎然。

冬天的冷寂被赶走了，春天的盛宴到来了，也是很多动物准备当妈妈的时候了。铁托的第一窝小郊狼出生了，小宝贝们看见了早上的第一缕阳光。

刚刚成为妈妈的铁托从来就没有学习过怎样去爱那些个无助的、待哺的幼崽。但是妈妈天生就会给予孩子全部的爱，这种爱不能用任何东西来衡量，是一种完全无私的发自内心的爱。明媚的阳光温暖着洞穴，铁托对幼崽充满了关爱。它抚摸着幼崽，舔着它们身上的绒毛，时而将它们拢在一起。对它们和铁托来说，这一切都是新的开始。

铁托深爱自己的孩子，不仅更加仔细地呵护它们，同时还为它们的安全考虑。以前的日子里，它只需要照顾好自己就可以了。它在坎坷的童年时光里，唯一学到的本领就是自我保护。

现在它一点也不顾及自己的安危，把心思全都放到了幼崽身上。而它首先要做的是要保证洞穴的隐蔽性，一开始这点不难办到，因为它只有在饿了或打算出去觅食的时候才离开一会儿。

它回来的时候十分谨慎小心，通常要仔细检查这一片地区，看看四周是否有人类或其他的敌人，确保一切万无一失之后，它才回到洞穴里。因为这些小家伙没有自己的判断，它们也分不清楚在外面的到底是妈妈还是猎人。

牧场里的人认为郊狼是一种卑鄙的动物，它们冷酷无情，精力充沛而且不知疲倦。它们有时候狡猾得让你难以置信，当你追

小狼铁托

踪它们的时候，它们可能突然转向逃跑，只留下一串凌乱的脚印。而那些小家伙只知道妈妈很爱自己，而且很温柔，是它们强大的守护者。

对幼崽来说，妈妈的胸口是最柔软也是最温暖的地方。铁托给它们带来了温暖，带来了充足的食物，它是它们聪明而又谨慎的守护神。在它们饿了的时候，妈妈总是有食物给它们吃，妈妈总能用惊人的智慧挫败敌人的陷阱，妈妈勇敢而又努力地安排好一切，总是能成功。

对别的动物妈妈来说，孩子们只是小郊狼，对郊狼妈妈来说却完全不一样。但是等到小家伙们可以睁开眼睛了，它们四肢有力气了，就会到处爬来爬去，接着它们学会了和兄弟姐妹们在阳光下四处玩耍，或者在妈妈带回食物的时候，开始轻轻地呼唤兄弟姐妹，这些小家伙一个个都变成了最聪明伶俐而又活泼可爱的小家伙。当这九只小郊狼来到铁托身边的时候，它眼睛里流露出的都是浓浓的爱意。

夏天来了，小家伙们已经开始吃肉了，这时即使有萨德尔巴克的帮助，铁托也会很繁忙，它要提供足够多的食物给九个孩子。有时候它会给它们带回土拨鼠，有时候可能是一对囊地鼠或是老鼠。有一两次，它凭借自己聪明的不断追逐的方式，成功地为孩子们抓到了北美洲的长腿大野兔。

孩子们吃完大餐以后，会躺在太阳底下打一会儿盹。铁托此时开始"执勤"，它会在一旁用它那敏锐的眼睛四处观察，以防有危险的敌人靠近并发现它们的欢乐谷。那些小家伙可能会相互撕咬着在草地上玩耍，或者四处追逐蝴蝶，或者和兄弟姐妹们嬉戏打闹，它们还有可能会在洞穴门口啃啃骨头，咬咬毛发。

它们中至少有一只，通常是最小的那只小郊狼会待在妈妈旁边，有时候爬到妈妈背上玩耍，有时候拉拉妈妈的尾巴。这些玩耍的场景就是一幅非常生动可爱的画，在它们互相玩耍摔跤的时候，往往是小家伙最开心的时候，只要妈妈一瞪眼睛，它们就会停下来。

铁托通常比较谨慎，时刻警戒着，带着一点焦虑，但是总的来说还是充满着母性的温柔。它很自豪也很高兴，自己有这么多可爱的小宝宝，它可以安静地坐在这里，用关爱的眼神看着它们，直到孩子们全都安全地回家。当它发现远处有危险的信号时，便会发出低沉的吼声，那是一种可能有危险的警告，所有的小家伙都会赶快躲进洞穴里，等妈妈出去查看。铁托会出去将危险引开，然后再次去捕猎。

小狼铁托

八　又遇杰克

杰克有几个赚钱的计划，但是每一次他都放弃了，因为他有自己的工作。一次，他发现饲养家禽可以赚钱。他没有思考过多就开始很感兴趣地养了12只火鸡。火鸡们被杰克养在棚子的一端。

一连好几天杰克都很有兴趣地观察着它们，细心地照顾它们，但是他的热情在第三天就消退了。定期的庆祝活动在梅多拉小镇举行了，能够把大把的闲暇时间花在洒满阳光的山丘上，对他来说简直就是一种难以拒绝的诱惑。很快，他就把对饲养家禽的憧憬一扫而空。

那些火鸡最后完全被他忽视了，杰克让它们自己出去觅食。有一次，在一连离开家几天再回来的时候，杰克发现家里的火鸡少了几只，最后只剩下几只雄火鸡，雌火鸡全都没有了。

杰克对那些丢失的火鸡也不怎么关心，但是对偷鸡贼，他感到十分愤怒。

作为一个专业猎狼者，杰克已经穿上了带有宽箭头标志的制服，这身制服是由政府提供的，他还弄了一些毒药、陷阱和马匹，靠着这些东西，杰克开始四处去捕猎，他有资格靠猎杀狼而得到政府发放的奖金。

每一个猎狼者都会做好自己的工作安排，而且安排得很妥当，节奏很自然，会有条不紊地分为几个阶段。

在冬天即将过去，春天就要来临的时候，这通常是狼交配的季节，猎人们在这时候不会猎杀任何一只母狼，也会放过那只和母狼在一起的公狼。如果他们追上了一只狼，最后发现是一只母狼，他们总会让它平平安安地回去，这也许是出于一种同情，也许是从长远的角度考虑自己糊口的营生。

到了八九月的时候，那些年轻的郊狼已经开始独自出来觅食了，这时候它们很容易掉入陷阱或者吃到有毒的诱饵。再过一个多月，经历了陷阱和毒药之后的幸存者们，会开始学会如何照顾好自己。猎狼者都知道，初夏的时候，山上的洞穴里到处都是小狼崽，每个洞穴里大概有 5 到 15 只的样子。虽然知道它们就在山上，但是困难的是不知道具体位置在哪里。

唯一可以找到郊狼洞穴的方法，，站在高高的山丘上等着郊狼把食物带回去给狼崽们的时候，悄悄地跟上去。这种捕狼的方法需要猎人静静地躺在某个地方，杰克就很适合做这样的工作。所以他骑着政府发给他的马匹，带着牧场老板的双筒望远镜出发了。就这样，他一周又一周地把时间花在了寻找狼窝上，他总是睡在那些看一眼就能够清楚地了解外面情况的地方，睡着比只是静静地躺在那里要舒服得多。

郊狼已经学会了不让自己暴露在开阔的地方，它们总是设法沿

小狼铁托

着可以躲藏的山谷往家赶，但也不是谁都会这样做。有一天，当杰克在一个山丘的西面拿起望远镜一望，偶然看见了一个独自在开阔山腰上移动的黑点。那个家伙是灰色的，看起来像一只郊狼。

杰克凭经验就能知道，如果那是一只大灰狼的话，它的尾巴是会竖起来的。如果是狐狸的话，会有大大的耳朵，而且尾巴会是黄色的，而梅花鹿看起来会是另外一种样子。从它前面的影子可以看出，这只郊狼嘴里叼着什么东西，很明显是要带回家的，家里有幼崽在等着呢！

杰克很仔细地在原地做了记号，等明天到旁边更高的山丘仔细观察。但是一天过去了，他什么也没有看见。到了第三天，他发现了一只深色的郊狼，那就是萨德尔巴克，它嘴里正叼着一只大鸟。通过望远镜，杰克清楚地看到那是一只火鸡。这时候他才知道自家院子里的火鸡是怎么消失的，也知道自己的火鸡到哪里去了。

杰克心里想着："找到你的洞穴后，我一定要为我的火鸡报仇！"他的眼睛一直尽可能地跟着萨德尔巴克。

杰克偷偷地朝着萨德尔巴克的方向走去，看看郊狼会不会耍什么诡计把他带到很远的地方去。但是萨德尔巴克非常狡猾，这次杰克又跟丢了。

后来，萨德尔巴克回到了洞穴，它轻轻地呼唤着，洞里的九个小家伙听到之后马上一股脑地冲出来。它们焦急地等待着，等萨德尔巴克把火鸡撕碎，它们才开始各自叼着一块肉四散开来，独自去享用。当别的伙伴来到旁边的时候，它们会用爪子遮住自己的食物，同时还会盯着入侵者，发出咆哮的声音，警告对方不要靠近。火鸡身上有些部位小家伙吃起来很容易，它们很快就吃完了。

有三个小家伙得到了骨架部分，它们吃得很慢，你拉我拽，只能吃到一点点肉末。直到铁托走过来熟练地把火鸡的骨架分成三四份，小家伙才叼起骨架各自散开，坐下来美滋滋地咂着嘴享用，还不时地把头歪向一边用大牙咬骨头。那只个头最小的郊狼宝宝将自己分到的食物勉强地拖回洞穴里去了，它分到的是火鸡那长得奇怪的头和脖子。

九　危险越逼越近

因为跟丢了郊狼，杰克非常不服气，郊狼偷走他的火鸡对他来说更是莫大的打击。他发誓，他找到那只郊狼的狼崽们后，一定要活剥了它们！

他上次企图追踪萨德尔巴克的计划失败了，没有找到它的巢穴，但是他时刻准备着胜利的到来。他随身带着铁锹和铁铲，准备在找

到洞穴的时候用来挖掘。他准备了一只活的白色母鸡，万一没有找到，也许这个可以作为诱饵。

他把母鸡带到一片空地上，就在萨德尔巴克曾经经过的地方。他把母鸡拴在一根木桩上，那样母鸡就不能逃走了。接着杰克在旁边找了个舒适的地方躺下来仔细地盯着。母鸡当然想逃跑，但是它被绳子拴在木桩上了，一跑就被绳子拉了回来。它折腾累了，于是倒在地上。

这一天过得很慢，杰克慵懒地躺在毯子上继续观察。黄昏时分，郊狼出来捕食了。铁托通常会经过这里，因为它的洞穴离这里只有800米远。铁托学到的知识里有一条是"不要把自己暴露在明处"。

以前，郊狼总是沿着山脊顶部小跑，那样方便观察山的两边。但是人类的猎枪教会铁托，在山脊上很容易被看见，因此它试着在接近山脊的地方跑过，偶尔窥视山下。

这种前进的方法就是那晚它出去为孩子们寻找猎物准备晚餐时用到的。现在，它那敏捷的眼睛看到了那只白色的母鸡，母鸡正愚蠢地挣扎着。铁托转过去仔细地看着母鸡，那只鸡看起来像是一只土耳其火鸡。

但是铁托有点疑惑。如果这不是火鸡，那是什么新鲜的动物呢？看起来有点像陷阱，它可不想冒险。于是它躲起来把四周都检查了一下，然后它决定，不管那是什么东西，最好还是别碰。它继续往前走，一股淡淡的烟草味儿渐渐地引起了它的注意。它小心翼翼地跟过去，在一个山丘下，离母鸡不远的地方，它发现了杰克的营地。

他的床在那里，马也拴在那里，其余的东西是烧火做饭后的残留物，上面还有一个锅，里面发出一种铁托很熟悉的味道，那是人类煮咖啡的味道。

这些让铁托很不舒服，居然有人离自己的家那么近，但是它静静地离开去捕食了。它时刻注意着不暴露自己，而杰克根本不知道铁托已经发现自己在这里。

大约在太阳下山的时候，杰克去把他的诱饵——那只母鸡带回帐篷，因为他怕母鸡被猫头鹰吃掉。

第二天，这只母鸡又像昨天那样被放在那里，在下午晚一点的时候，萨德尔巴克小跑着经过附近。它一看见那只母鸡就立刻停了下来，它仔细地盯着母鸡看了看，接着十分小心地慢慢地靠近。

一开始萨德尔巴克觉得有点奇怪，但是在它闻到母鸡身上的味道之后就不那么惊讶了，它记得那味道在发现火鸡的地方闻到过。母鸡看见了它，叫了起来，试图逃跑，但是萨德尔巴克一下子冲过去，它的力气很大，所以绳子一下子就被扯断了。萨德尔巴克叼起母鸡就往自己的洞穴所在的山谷跑去。

杰克本来睡着了，但是母鸡突然发出的咯咯声惊醒了他，他立刻坐了起来，看见母鸡已经被萨德尔巴克叼走了。

杰克跟着母鸡身上掉下来的白色羽毛开始追踪。开始，追踪起来很容易，因为母鸡挣扎的时候掉了很多羽毛。杰克小心地跟着地上的羽毛。这时的萨德尔巴克一点没有察觉，几乎是一条直线地往家赶，而且带着危险的东西。

有一两次，萨德尔巴克有点迟疑地停顿了一下，改变路线走向开阔的地方，但是白色的羽毛即便到了傍晚，也可以在 55 米外被看见。杰克此时距离萨德尔巴克的洞穴还不到 200 米，就是铁托的九个郊狼宝宝所在的洞穴。

萨德尔巴克回到洞穴，将母鸡分给了孩子们。它们开始享受大餐，嘴里还发出咆哮声，白色的羽毛粘到鼻子上，它们不停地打喷嚏，有的小家伙吞掉一些羽毛时还会咳嗽。

如果这时候有一阵风从它们这边吹向杰克的话，就有可能将一些白色的羽毛或者这些小家伙欢乐的叫声吹到杰克的耳朵里，这样它们的巢穴就会立刻被发现。但幸运的是夜幕降临了，远处的声音都被杰克自己弄出来的声音掩盖了。杰克试图从厚厚的灌木丛中追踪羽毛，因而弄出了嘈杂的声音，那是最后一片灌木丛，他就要到达洞穴了。

另一边，这次铁托带回来的食物是一只喜鹊，那只喜鹊正准备去吃一匹死掉的马的肋骨肉，铁托刚离开杰克的陷阱就看见了，它马上把喜鹊捉住。然后铁托看见了人类的新鲜脚印，这时候还有人在这一带走动总是会引起铁托的警觉和怀疑，所以铁托跟着脚印走去，一会儿它就看见了杰克行走的位置，还闻到了一些特殊的气味。

它是怎么知道的，我们不清楚，但是铁托显然知道，杰克的目标是自己的家。它被这突如其来的可怕事实吓到了，它马上把抓到的喜鹊藏了起来，然后跟着那个人。几分钟之后，它听到那个人钻进了灌木丛里，铁托此时意识到可怕的危险正在临近。

它尽量不发出声音，以最快的速度绕道赶回洞穴。它不顾一切地往家里赶，发出低声的警告信号，以防家人在它靠近的时候因为太过惊慌而发出很大的声音。当它到了家门口，看到洞穴里到处都是白色的羽毛时，它感到很震惊。紧接着，它发出危险的警报声，所有的小家伙马上回到地洞里，这里变得十分安静。

铁托的鼻子很灵敏，总是指引它做出正确的选择。它本来认为这些羽毛不会暴露它们，但是它又意识到那个人就在附近，它知道那是一个十分危险的人，他曾经给它带来过深深的伤害，就是因为他，铁托才遇到那么多麻烦。想到这些，铁托感觉有点绝望，它把孩子们抱得更紧了。

那个人已经跟过来了，几分钟之后，它和孩子们就有可能被那个人抓住。

铁托一想到这些就悲伤起来。母亲的责任感让它变得更聪明，它把幼崽留在洞穴里，在确定萨德尔巴克收到它的警告声之后，就

独自跑出洞穴了。它迅速地朝那个人走去，很快就走到了那个人前面。它用自己的方式思考着，这个人会像自己一样跟着脚印走，所以它留下了脚印。但是它没有想到，随着夜幕降临，猎人不那么容易看清楚脚印了。

接着，它跑到一边，去确认那个人有没有跟过来，它正在做一件很具有挑战性的事，这有点像它曾经欺骗那些猎狗跟着自己走一样。它发出嚎叫声来吸引猎人的注意，然后走近目标一点，再叫一声，再靠近一点，不断重复。这样，它确定那个猎人一定会跟过来了。

很显然，猎人没有看见郊狼，因为天黑了。他不得不放弃这次捕猎。他知道郊狼妈妈为了保护自己的幼崽会把猎人引开，现在就是这种情况。他意识到那只郊狼之所以会这样发出叫声，完全是因为它没别的办法，为了保护自己的幼崽，它决定牺牲自己。因此猎人猜测，那些幼崽一定就在附近，他现在可以做的就是明天再来完成他的搜索。

想到这里，杰克就先回到了自己的营地。

十　调虎离山计

　　萨德尔巴克认为它们胜利了。现在它感到很安全，因为到了第二天早上猎人再来的时候，自己昨天傍晚留下的脚印已经不能辨识。但是铁托不这样认为。那个两条腿的野兽离自己的家那么近，他只是临时到山的另一边去了，他很可能会再回来。

　　杰克回到营地之后给马喂了些水，然后把它拴起来。他燃起火堆煮起了咖啡，吃了些晚饭，然后抽了一会儿烟就躺下来休息了。在睡着之前，他还时不时地想到那些小狼崽，在心里默默地希望明天早上就可以抓到它们。

　　那天晚上，当杰克刚准备裹上毯子睡觉的时候，他听到郊狼的叫声，那声音就像在向自己发出挑战，而且不止一只郊狼在叫。杰克高兴地咧嘴笑道："你们就在那里，没错！尽情地咆哮吧。明天早上再来收拾你们。"

　　通常情况下，郊狼会在人类的营地附近号叫。那些号叫声响起过一次之后，一切又恢复了寂静。杰克很快就忘记那些声音，进入了梦乡。

　　铁托又等了一个多小时，直到那堆火熄灭了，营地里只剩下马吃草的声音。铁托慢慢地靠近，它太安静了，那匹马在距离它只有6米时都没有发现。马儿看见铁托之后突然跳起来，把拴着它的绳

137

子紧紧地拉起来，同时还发出急促的鼻息声。

铁托轻声地往前走着，张开嘴巴，把绳子衔在嘴里往后拉。铁托用锋利的后槽牙咬住绳子，就这样咬了几分钟，绳索很快就被咬断了，马自由了。这匹马没有受到很大的惊吓，因为它熟悉郊狼的气味，在跳了几步之后就停了下来。

马蹄踏在地上的声音惊醒了正在睡觉的杰克，杰克眯着眼睛看了看。但他只看到马还站在前面，便又倒下去睡觉了。他只是觉得奇怪：一切正常啊，马为什么会那样呢？

在杰克醒来的时候，铁托早已溜走了。之后它又像个幽灵一样回到营地，绕过睡着的杰克走到另一边，疑惑地嗅了嗅咖啡，然后又看看那个奇怪的锡制罐头。这时候，一起跟来的萨德尔巴克检查着满满一锅的野营食物，接着用一些泥土弄脏了饼干和锅。

它们看到有一个东西挂在矮树丛上面，但不知道那是缰绳。虽然不知道是什么，但只要是猎人杰克使用的东西，它们就觉得讨厌，于是，它们把缰绳弄成了几段，然后带走了杰克装着培根和面粉的麻布袋，它们把这些东西带到很远的地方埋了起来。

铁托把自己能够想到的、可以做的破坏都做了，然后跟着萨德尔巴克来到几千米以外的树木繁茂的水沟旁。那里有个地洞，最早是金花鼠挖的窝，后来被几只其他的动物挖大了，其中有一只狐狸试着把洞穴挖深用于居住。铁托在这一带观察了一阵子，最后决定选择这个洞。选好之后，它就开始对这个洞穴进行加工了。

萨德尔巴克一直跟着铁托，直到看见它开始挖洞才明白了是怎么回事。等到铁托挖累了，从洞穴里爬出来的时候，就轮到萨德尔巴克进入洞穴了。它在里面嗅了嗅就开始工作，它用后腿把泥土往后推出，直到后面堆起一堆之后，又把那堆土推到更远的地方。

它们就这样挖了好几个小时，相互理解，在对方累的时候自己上去接着干。到了早上，它们又有一个足够一家子居住的洞穴了。虽然这个比不上它们之前那个绿草掩映的洞穴，但是万一需要转移的话，这里也不错。

杰克醒来的时候太阳就要升起来了。他习惯性地转过头去看看马，结果惊讶地发现马不见了！马对于猎人来说非常重要，就像船对于水手，翅膀对于鸟那样。没有马，猎人觉得很无助。

在这种地方步行前进是世界上最恐怖的事。就在杰克的意识还有些不清楚的时候，刚好看见那匹马在远方的平地上吃着草，还不时地朝四周跑两步，离营地并不是很远。杰克仔细一看，发现马身上还拖着绳索，他心想，要是没有绳子套着，就很有可能没有机会抓到它了，那样他就没有机会到昨天的那个洞穴捕猎了，也不可能找到那些小狼崽了。有绳索套着就有机会，因此杰克赶快追过去。

再也没有什么比用尽全力抓却抓不到自己的马更让人生气的事了。杰克可以做的都做了，但是始终抓不到那根短绳子，杰克就这

小狼铁托

样追着马跑啊跑，结果跑到了回家的那条路上。

大约追了 11 千米的距离，杰克终于成功地抓住了那匹马。他立刻爬上没有装马鞍的马背，粗暴地拉着绳子，15 分钟之后就到了 5 千米之外的牧场。杰克这时候很生气，他把所有的愤怒都一股脑地发泄在马儿身上。虽然杰克知道责怪马没有一点用处，但是那样做至少自己心里会好受一点。

杰克在这里吃了饭，借了一个马鞍和一只杂种猎狗，因为猎狗可以帮忙进行追踪。将近很晚的时候，他才回到营地准备完成洞穴捕猎计划。他找到了昨晚留下的记号，早知如此，他根本就不会借那条狗来帮忙。

他继续前进，离小山大约一百米左右时，几乎是面对面地看见一只郊狼在山顶上走着，嘴里还叼着一只大兔子。这只郊狼刚好在杰克拿出左轮手枪准备射击的时候逃跑了，猎狗发出凶狠的叫声，同时冲了出去，追赶那只郊狼。杰克不断地射击，但是始终没有打中。他很奇怪，有猎狗在身后不停地追着，那只郊狼在需要拼命逃跑的情况下，为什么不扔掉野兔呢？

杰克尽可能快地追赶着，以便找机会射击这只郊狼，但是一次都没打中。等到它们跑远了，跑到山丘后面之后，杰克不再追了，他任凭猎狗去追，也不管它是否会折返，他回去找狼窝去了。他心想，现在要找到那个洞穴简直是易如反掌。杰克知道狼崽还在那里，因为他看见了狼妈妈给它们带野兔回来。

那一天接下来的时间，他都打算使用铁锹和铁铲在那个洞穴进行挖洞的工作。有大量的迹象表明，那里有动物居住，因此他更加确信了，就这样开始动工了。接下来，杰克辛苦地挖了好几个小时，他从来没有如此辛苦地劳动过。

终于挖到了洞穴的尽头，但是，洞里面居然什么也没有！

看到这种情景，杰克愤怒地说："我怎么这么倒霉！"接着，他戴上自己结实的皮手套，在这个巢穴里不停地摸索着。

突然，他摸到一个东西，掏出来之后发现那竟然是自己的火鸡的脖子，这让他愤怒到了极点。

小狼铁托

十一　殊死搏斗获新生

　　铁托没有丝毫懈怠，因为敌人是个骑着马的猎人。它不管萨德尔巴克会怎么做，反正自己不会做蠢事。在新洞穴完成之后，铁托一路小跑，回到原来那个位于小山谷的洞穴。它回到那里的时候，最快来到洞穴门口迎接它的是一只头很宽、跟自己长得很像的小家伙。

　　铁托叼起它的脖子扭头就走，带着它去3000米之外的新洞穴。过一会儿，它就会把它的小宝宝放下来休息一下，让它喘口气。它们的速度很慢。那一天的时间它都用来转移小家伙们了，它不准萨德尔巴克去转移幼崽，大概是因为萨德尔巴克太粗鲁了。

　　铁托转移幼崽是从个头最大、最聪明的开始，一次只能带一个，到了接近傍晚的时候，只有那只个头最小的幼崽还留在洞里。铁托现在已经很累了，因为它昨晚不仅挖了一夜的洞穴，今天还跑了超过48千米的路，而且每次都要带上很重的幼崽。但是它没有停下来休息。当它叼着最小的一只幼崽走出洞口的时候，就在山谷的下方，那条可恶的猎狗出现了，在它后面还跟着猎狼者——杰克。

　　铁托把孩子叼得更紧了，它立刻转身逃跑，可是猎狗紧紧地追着它不放，身后不断传来左轮手枪射击的声音。

　　幸运的是，铁托没有被枪打中。它和猎狗都跑远了，手枪已经

打不到它了。疲惫的铁托嘴里叼着自己的幼崽飞奔过一块平地，可恶的猎狗在后面拼命地追着。要是在精力充沛的情况下，并且没有叼着幼崽的话，它很快就可以甩掉那只笨拙的追在后面狂叫的猎狗，因为它根本跑不过自己。

铁托拼尽全力滑下一个斜坡，这下它的速度稍微加快了一点，然后它又穿过一块灌木丛生的平地，本来加快一点的速度又慢了下来。接着又到了一个开阔地段，它们继续像这样你追我赶着。

这时候，杰克已经落后很多了，他在后面看着它们，而且用手枪不断地射击，但是始终没有伤到铁托，子弹只不过是落到地上溅起一些尘土罢了。虽然没有被打中，但是铁托为了躲避子弹而来回地躲闪，也费了一些时间和力气，而且枪声鼓舞着猎狗更加努力追赶它。杰克看着这只郊狼，还有那曾经很熟悉的断尾，发现它嘴里一直叼着那只兔子不放——他一直以为铁托叼的是一只兔子。

他很纳闷：那只是带回去给小狼崽的食物，为什么在逃命的时候还舍不得放弃呢？这太奇怪了。铁托继续坚持带着幼崽爬过小山，猎狗竭尽全力地追着铁托，终于跑到了铁托前面，咧开嘴凶狠地叫着。

这时候铁托已经累极了，它跑不动了，左闪右闪还是过不去。猎狗的体力还很充沛，很容易就拦住了铁托的去路。没办法，绝望的妈妈只好把孩子叼得更紧一点，举得高高的，然后退到荆棘灌木丛里去，小家伙被叼得太紧了，有点喘不过气来。铁托必须把小家伙放下来喘口气，不然小家伙就要窒息而死了。

这样叼着幼崽逃跑，很难不被追到。它试着向自己的丈夫求救，但是嘴里叼着小狼崽，叫声很模糊。而这时小家伙正挣扎着喘气，当铁托试着把嘴松开一点的时候，突然有什么动物攻击了它，结果小家伙身体一扭，从铁托的嘴里掉到草地上了，原来是那只猎狗咬到了它。

铁托个头比猎狗小得多，本来铁托有点害怕那只猎狗，但是现在它的脑子里只有自己的幼崽，当猎狗准备跳过来用它的爪子把幼崽撕碎的时候，铁托冲过去挡在了中间。它站在猎狗前面，全身的毛都竖立起来，露出牙齿，看样子是要不惜一切代价来救幼崽。

猎狗很自信，因为它的个头比铁托大得多。但是它没有那么勇敢，因为猎人现在离得很远。幼崽正因为第一次遇到这样的袭击而颤抖着没办法前进，它犹豫了一下，试图躲进草丛里。这时候铁托发出了长长的嚎叫声求救，它是在向它的丈夫喊着："救命啊！救命啊！"

它的声音引起了周围野兽的附和，随后到处都是叫声。杰克弄不清楚到底那声音是从哪里传来的，但是猎狗听到了，而且知道声音的来源。猎狗听到从远远的地方传来主人的叫喊声之后又有了勇气。

它再一次跳向那只郊狼宝宝，铁托也再次挡住了猎狗，接着它们就开始了激烈的打斗。铁托这时候希望萨德尔巴克来，但是谁都

没有来，而它也没有力气再呼救了。

贴身搏斗最耗费体力，铁托很快就没有力气了，但是它勇敢地坚持着，很明显，它处于劣势。看到胜利即将到来，猎狗变得勇猛起来，它现在想赶快干掉铁托，然后再杀死那个无助的小家伙。

就在这紧急的时候，在最近的一丛鼠尾草旁边闪过一个灰色的影子，接着猎狗听到很低沉的咆哮声，它还没来得及害怕，就被一个跟自己个头差不多大的敌人猛地推开了，肩膀差点被撞残废了。只见对手冲过来，平稳而且坚定地站在那里，原来是萨德尔巴克，它跳到了猎狗前面。铁托挣扎着站了起来和幼崽一起向萨德尔巴克靠近。

猎狗在看到萨德尔巴克之后，勇气荡然无存，因为它完全没有一点胜算，现在只有赶紧逃跑了，它要逃离这只速度像风一样迅速的郊狼，还要逃离铁托，那只为了幼崽可以不顾一切厮杀的郊狼。但是它还没有逃出 20 步，还没有来得及向远处山上的主人喊救命，就被它们撕成了两半。

铁托叼起那只被救回来的小郊狼，不紧不慢地到了自己的新家。它们一家又团聚了，它们逃脱了猎狼者杰克和猎狗的袭击。

小家伙在这里安全地生活着，直到它们各自长大并且独立。它们一个个都很聪明，开始在这片古老的大草原学习生存所需的技能。和那些牧场里的人之间的战斗会让它们变得更加聪明，不只是它们，还有它们的子孙后代。

　　水牛群消失了，它们死在了猎人的枪下；连羚羊都消失了，它们受不了猎狗的骚扰。断尾郊狼的种族虽然在人类捕猎行动的迫害下也在不断减少，但是它们不会消失。

　　在早晨和黄昏的时候，它们的歌声还是照常在低矮的山丘响起，就像很多年以前一样热闹。郊狼们很清楚陷阱和毒药的秘密，知道怎么避开。它们知道怎样迷惑猎人和猎狗，它们和猎人一样聪明。它们知道怎样在这个世界上繁衍生息，尽管跟人类比起来还有些差距。而这些，都是铁托教会它们的。

小狼铁托

147